내 마음 들키지 않게

내 마음 들키지 않게

강석희
연작소설집

네가 말했었지.
사랑에 빠진 사람과 달리기를 하는 사람의
심장박동은 닮았다고.
홀로 달리는 이가 지나간 자리에는 반드시
사랑의 흔적이 남는다고.

차
례

올드 스쿨 러브 • 11

꽃과 비닐 • 87

도로시는 말할 수 있는가? • 143

콤비네이션 • 205

작가의 말 • 262

올드 스쿨 러브

1

 우리의 겨울에는 완고한 기세가 있었다.
 올해도 눈은 없단다. 아주 국물도 없지.
 그럼에도 매일 아침 눈을 뜨면 설레는 마음으로, 기도하는 마음으로 커튼부터 걷었다. 보이는 건 바싹 마른 나무와 건조한 도로, 주택들의 휑한 옥상이었다. 눈 구경은 TV로만 했고 동해안 지역의 폭설 소식을 들으며 부러워했다. 정선에서는 애들이 스키를 신고 등교한대. 그 애들의 빨갛게 언 코를 상상하며 신기해했다. 눈에 관해서라면 철없는 소리를 해도 혼나지 않았다. 어른들에게도 눈 때문에 고생

한 기억은 아주 오래전의 일이었다.

마지막으로 눈을 본 게 4년 전, 눈사람을 만든 건 7년 전이었다. 포기할 법도 했지만 포기가 되지 않았던 건 눈을 맞고 눈을 뭉칠 때의 기분 때문이었다. 이 기쁨을 언제 느낄 수 있을지 몰라. 그날 학교는 단축수업을 했다. 나는 눈사람을 세 개 만들었다.

경이와 함께.

우리 아파트 길 건너의 연립주택에 살았던 경이는 나와 놀기 위해 길을 건너왔다. 집에서 챙겨온 단추를 붙이면서 우리는, 눈사람이 녹지 않기를 빌었다.

다음 날이 되자 세상은 거짓말처럼 영상의 기온을 회복했다. 우리는 눈사람이 녹은 자리에 남은 단추를 주머니에 넣었다.

중학교를 다니는 내내 경이와 같은 반이었다. 우리는 '부부'냐는 말을 들을 정도로 붙어 다녔다. 남자들만 다니는 학교에서 부부라는 말이 갖는 뉘앙스는 결코 좋은 게 아니었다. 하지만 그 말이 나를 힘들게 하거나 화나게 하지는 않았다. 그 말을 할 때의 아이들은 농담이 농담일 수 있도록 나름대로 조절을 했다. 철이 들어서 그런 건 아니었다. 끝 간 데 없이 막 나가는 애들도 있었고 아주 비열

한 방법으로 남을 괴롭히는 데 이골이 난 애들도 많았다. 나와 경이는 그 애들의 타깃이 아니었을 뿐이다. 운이 좋았나. 아니, 그럴 수 있었던 건, 경이가 뭐든 적당히 잘했기 때문이다.

나서서 뭘 하지는 않는데 시키면 못하는 게 없는 애. 경이는 그런 아이였다. 잠재력을 가늠할 수 없는 미지의 캐릭터. 아이들은 경이를 좋아하면서도 어려워했다.

사실은 얼간이인데.

그건 나만 아는 비밀. 경이를 멋지게 생각하는 애들을 속으로 한심해하는 건 나의 작은 즐거움. 하지만 경이의 묘한 분위기 덕분에 학교를 편하게 다닌 것도 사실이었다. 나는 아이들의 반응에 동조하는 척 조용히 고개만 끄덕이곤 했다.

그래서 경이가 얼마만큼 얼간이였냐면,

집에 혼자 있으면 잠을 못 잤다. 일주일에 세 번씩 우리 집에 와서 잔 것도 그 때문이었다. 화물트럭을 운전하시는 경이의 아버지께서 졸음운전 사고를 겪으신 다음부터였다. 경이 어머니는 야간 주행에 따라나섰다. 부모님이 서울이나 인천까지 운행을 가시는 날에 경이는 내 방에 왔다.

알지? 우리 애기. 겁이 많아서 혼자 잠을 못 자.

경이 어머니가 나의 어머니에게 부탁을 하시는 동안 경이의 얼굴은 새빨갛게 달아올랐다.

아, 엄마! 나 진짜 괜찮다고!

시끄러!

한마디에 경이는 입을 다물었다. 그날 밤에 나는 경이를 신나게 놀렸다.

애기야?

…….

우리 애기. 형아가 까까 줄까?

…….

싫어? 그럼 자장가 불러줄까?

아, 씨. 그만하라고!

경이가 골을 내는 게 재밌어서 웃음이 났다. 아니 사실은, 이틀에 한 번씩 경이가 내 방에서 잔다는 게 좋아서 웃고 또 웃었다.

그러니까,

부부와 크게 다를 것이 없었다. 일상을 공유하고 같이 밥을 먹고 아침에 함께 눈을 뜨는 생활. 명명과 생활의 일치. 어쩐지 부끄럽기도 했다. 룸메이트라는 표현이 가장 정확했지만 그때는 그 말을 몰랐다.

알았다면 달랐을까?

경이와 나는 친형제나 다름없었고 한 방을 쓰는 데 불편함이 없었지만 언제부턴가 옷을 갈아 입을 때면 고개를 돌리게 되었다. 머리보다 몸이 먼저 반응했다. 어릴 적부터 봐왔던 경이의 몸이 낯설었다. 경이는 빠르게 자라고 있었다. 어깨에 각이 생기고 종아리에 하트를 뒤집어 놓은 것 같은 근육이 붙었다. 경이의 몸을 보고 나서 거울에 비춰 보는 내 몸은 어딘지 온전치 못해 보였다.

함께 잔다는 사실은 우리만의 비밀이었다. 역시 부끄러워서였는데 나와 경이가 느끼는 부끄러움은 그 이유가 달랐다. 우리가 한 이불을 덮고 잔다는 것 자체를 숨기고 싶었던 나와 다르게 경이는 부모님이 밤을 새워 하는 일을 감추고 싶어 했다.

IMF 사태가 터졌을 때 우리 동네의 모든 집이 타격을 받았지만 후유증은 조금씩 달랐다. 20년이 넘은 구축 아파트에 살긴 했어도 아버지가 시청에 다녔던 우리 집은 내가 다니던 컴퓨터 학원과 합기도장을 그만두는 정도에 그

쳤지만 경이네는 상황이 많이 안 좋았다. 경이는 네 번 정도 함께 간 뒤에야 길을 외우게 된 골목의 셋방으로 이사했다. 경이의 아버지는 한동안 방에서 잘 나오지 않으셨다. 언제나 그늘에 잠겨 있던 그 방에서 경이 아버지는 TV만 켜놓은 채 앉아 계셨다. 아버지가 곰이 된 것 같아. 쑥이랑 마늘만 있으면 되겠어. 경이는 그렇게 말했다.

아버지가 화물차 운전을 시작했을 때 경이는 기뻤으나 아버지는 새 직업을 말하지 못하게 했다. 어머니가 식당에 나가는 것도 비밀이었다. 경이는 학기 초에 내는 가정환경조사서의 부모 직업란에 '자영업'이라고 적었다.

그런 사정으로 우리는 비밀 유지 동맹을 맺었다. 경이는 일찍 일어나 자기 집에 가서 씻고 등교했다. 혹여나 늦잠을 잔 날에는 시간차를 두고 학교에 갔다. 이불 속에서 장난을 치고 떠들던 밤을 보내고 나면 학교에서는 더욱 조심했다.

생각해 보면 나와 경이의 열여섯은 조심하며 지나간 시절이었다. 하지 말라는 걸 하려면 조심해야 했다. 민증이 없어도 뚫린다는 슈퍼마켓에서 술 사다 먹기, 아버지 담배 훔쳐 피워보기 같은, 시시하고 뻔한 짓들을 우리는 조심조심했다.

그런 일들은 경이의 방에서 했다. 경이의 방은 행랑채인 부모님의 방과도 분리된 공간에 있었다. 원래는 창고로 쓰던 곳이라 했다. 자기 방은 있어야 한다는 경이의 고집은 꺾이지 않았고 오랜 시간 동안 밴 잡동사니의 냄새를 지우려고 경이 어머니는 향을 피웠다. 무당에게서 사온 향이었다. 없는 살림에도 불구하고 비싼 복채를 줘가며 향을 산 데에는 당연히 주술적인 이유가 있었다. 냄새와 함께 가난도 지워주길 바란 것이다. 어쨌든 개성이 확실한 향내 덕분에 담배를 피우고 술을 마셔도 향만 피우면 티가 나지 않았다.

돈도 좀 있었다. 나와 경이가 팀이 되어 일종의 서비스를 제공하고 돈을 벌었기 때문이다. 당시의 나는 만화책 위에 종이를 대고 따라 그리는 걸 좋아했는데 만화를 좋아하던 같은 반 희준이 내 그림을 보고 다가온 게 시작이었다.

네가 그린 거야?

물었고, 이걸 내가 그린 건지 아닌지 헷갈려하는 사이에,

응. 얘가 그렸어.

경이가 대답해 버렸다. 희준은 눈을 반짝이면서 자기

가 좋아하는 만화 캐릭터를 그려달라고 했다. 《오! 나의 여신님》의 팬이었던 희준이 만화방에서 빌린 책에 페이지를 표시해서 주면, 나는 베르단디를 정성껏 베껴주고 장당 500원을 받았다. 아무나 할 수 있는 일이었지만 비법이 있는 척하며 집에서만 그렸다. 베르단디에 대한 희준의 사랑은 마를 줄 몰랐다. 급기야 란마 팬, 춘리 팬, 아스카 팬까지 데려왔다. 그 아이들과 우리는 금세 친해졌다. 대부분의 다른 애들이 그 아이들의 취미 생활을 무시했지만 나와 경이는 그러지 않았다.

그림을 그리기 위해 받아온 만화책을 경이와 함께 봤다. 그 아이들이 그 만화를, 그 캐릭터들을 좋아하는 이유를 말할 때의 얼굴이 떠올랐다. 그러면 내 취향이 아닌 것도 재밌게 볼 수 있었다. 이해관계로 묶여 시작된 교류였지만 우리는 진심을 나누었다. 경이와 내가 미처 겪어본 적 없는 것을 그 아이들은 이미 가지고 있었다. 취향이라면 취향이고 열정이라면 열정인 것. 나는 더욱 세심하게 그림을 베꼈다. 베껴 그리는 그림도 하다 보니 늘었다. 경이는 단가를 낮추어 손님을 받았다. 그럼에도 우리는 풍족했다. 기껏해야 소주나 실컷 사 먹는 정도였지만, 기분이 그랬다. 여유가 있었다.

학교가 일찍 끝나는 주말이나 소풍날, 서로의 생일 같은 날이면 라면과 과자를 사다놓고 소주를 먹었다. 한 방울까지 공평하게 나눠 마셨다. 해가 지기 전에 다 마시고 집에 갈 때까지 술이 깨기를 기다렸다. 낮술이라 취기는 천천히 가라앉았다.

기다리는 것 말고는 할 수 있는 게 없어서 우리는 아무 말이나 하면서 누워 있었다. 취한 눈과 귀로 들어오는 것들에 대해 이야기했다. 방문 바로 앞에서 자라는 꽃나무가 꽃을 맺지 않는 것에 관해서, 우리의 키가 더디게 자라는 이유에 관해서, 경이의 방 천장에 지도처럼 이어져 있는 얼룩에 관해서, 그 얼룩을 가리려고 붙여놓은 포스터에 관해서, 그 포스터가 천장을 다 덮기에 턱없이 작은 것에 관해서, 우리는 열심히 이야기했다.

포스터에는 검은 우주 위를 날아가는 UFO와 세모꼴 머리에 크고 까만 눈을 가진 외계인이 그려져 있었다. 경이가 과학 소년이었던 시절에 잡지를 사고 받은 것이었다.

Are we alone?

그런 문장도 적혀 있었다. 아 위 얼론? 경이는 서툰 발음으로 읽곤 했다.

외계인이 있을까?

올드 스쿨 러브

나는 있으면 어쩌나 쪽이었고 경이는 어서 만나보고 싶다는 쪽이었다. 나는 미지의 존재가 일방적으로 나를 보고 있다고 생각하니 무서웠다. 서로가 서로를 알고 안전을 확인할 수 있는 관계를 만드는 게 좋았다. 그건 중학 생활 3년, 아니 그 이전부터 내게 익숙한 방식이었다. 경이는 나와 달랐다. 달라졌다. 그 방, 창문이 없어서 나무로 된 문에 창을 냈던 그곳에서 지내게 된 뒤로 경이는 바깥을, 트인 곳을, 넓은 곳을 유난히 좋아하게 되었다. 경이의 마음을 이해할 것도 같았지만 외계인은 두려웠다.

 나와 경이, 그리고 모두가 단정하게 매듭지어진 세계에서 살았으면 했다. 외계인과 눈을 맞추고 있는 경이의 옆얼굴을 볼 때 마음 한 귀퉁이가 떨렸던 건, 그래서였다.

 경이가 달라졌다는 걸 확실하게 알게 된 것은 기말고사가 끝난 뒤였다. 우리 지역은 연합고사를 보지 않고 내신 성적으로만 고등학교에 갔기 때문에 10월 말에 기말고사가 끝났다. 중간고사를 보자마자 기말고사 대비를 해야 하는 스케줄이어서 2학기는 바쁘게 지나갔다. 그래서 경이의 변화를 눈치채지 못했다. 일주일에 세 번, 여전히 같이 잠을 잤는데도 그랬다.

단풍 빛깔이 곱네.

공부는 안하고 영감 같은 소리를 하는 게 어이없었을 뿐이다.

기말고사가 끝난 중학교 3학년 교실은 더 이상 공부를 하는 곳이 아니었다. 학교에서는 하루 종일 영화를 틀어줬다. 무슨 짓을 해도 좋으니 3층만 벗어나지 말라는 당부와 함께였다. 무지막지하게 크고 화질은 좋지 않았던 교실 TV 화면에서 나오던 영화는 대체로 잔잔하고 지루했다. 새로운 영화가 시작되면 혹시나 하는 기대감으로 교실이 조용해졌지만 20분도 지나지 않아 소란스러워졌다. 영화를 보고 싶어 하는 애들도 있었다. 그런 애들은 TV와 가까운 쪽에 다닥다닥 모여 앉았다. 그 중에는 나도 있었다.

처음 며칠은 경이도 함께였지만 어느새 나만 남았다. 경이는 교실 뒤쪽에 가 있었다. 좀 논다 하는 애들이 모인 곳이었다. 바지통을 너무 줄여놔서 옷을 갈아입으려면 서로 벗겨줘야 하는 애들, 그 모습을 보고 웃기라도 하면 욕을 뱉으며 위협하는 애들, 그러다 수가 틀리면 물리적인 폭력도 서슴지 않는 애들이 거기 있었다.

영화를 보는 틈틈이 경이 쪽을 돌아봤다.

경이가 훼손되는 것 같아서.

그 애들처럼 변해버릴까 봐. 물들어 버릴까 봐.

그땐 그렇게만 생각했고 그게 내 마음의 전부인 줄 알았다. 사실은 그런 게 아니었다. 경이가 나를 두고 어딘가로 가버릴까. 그게 무서웠던 것이다.

그곳에 나도 갈 수 있을까. 가고 싶지 않은 곳에 경이를 따라서 가게 될까. 그래야 할까.

가도 문제 안 가도 문제였다. 간혹 눈이 마주칠 때면 경이는 말없이 싱긋 웃었다. 난 잘 있어. 그렇게 말하는 것 같았다. 나는 복잡한 마음으로 다시 영화를 봤고 뒤돌아보지 않으려 애썼다.

나와 함께 영화를 보던 애들에게 어느 순간부터 '불자지'라는 별명이 붙었다. '불빛에 자꾸 지리는 놈들'이라는 뜻이었다. 불빛은 TV 화면을 뜻했다. 지린다는 건 뜻은 알아도 우리 또래가 쓰던 말은 아니었다. 그 말은 억지였다. 그러나 그건 중요하지 않았다. 말하는 사람의 쾌감과 듣는 사람의 불쾌감만이 중요했다. 불자지는 7명이었고 나는 '불자지3'이었다.

불자지!

누군가 아무 맥락도 없이 소리치면 애들이 와하하 웃었다. 그걸 시작한 건 교실 뒤편의 무리였다. 금세 다른 애들한테도 퍼졌고 아무나 심심하면 외쳐대는 말이 되었다. 시도 때도 없었다. 그럼에도 우리는 이탈하지 않고 자리를 지켰다. 목덜미나 귓불 같은 데가 붉어지는 애들도 있었다. 화가 나는데 화를 내면 우스워지는 상황에서 우리들은 보이지 않는 결기로 서로를 묶어가며 영화를 봤다. 참아야 한다. 참아야 해. 그런데 참기가 힘들어.

나는 불자지로서, 분명하게 교실 뒤편 아이들의 타깃이 되었다. 경이가 굳이 뭔가를 해야 할 정도로 눈에 띄는 피해가 내게 일어난 건 아니었다. 하지만 경이와 내가 다른 구획 속에 있다는 실감은 확실했다. 그 감각이 나를 괴롭게 했다. 경이의 '없음'이 아쉬운 일에서 위험한 일로 바뀌었다. 나는 분명히 느꼈다.

굴욕감과 박탈감을.

다른 애들이 웃을 때 경이가 어떤 얼굴을 하고 있는지 궁금했다.

차마 돌아볼 수 없었다.

교실 뒤쪽의 애들은 여자애들 이야기를 하며 놀았다. 경이가 그 애들 주위로 간 건 그 때문이었다. 경이는 그 즈음 뚜렷하게 성애性愛에 눈을 뜨고 있었다. 자연스러운 일임을 나도 알았고 우리에게도 그런 순간이 올 거라고 생각은 했지만 어디까지나 '언젠가'에 속하는 막연한 일이었다. 그렇게 부지불식간에, 경이만 훌쩍 건너갈 줄은 몰랐다.

경이는 저녁마다 낮에 들은 이야기를 들려주려 했다. 여자애들이 좋아하는 옷차림, 노래방에서 부르면 먹히는 노래, 채팅으로 연락처 받아내는 법…… 내겐 재미없는 이야기였다. 한바탕 떠들고 난 뒤에 경이는 터미네이터 같은 대흉근을 만들 거라며 팔굽혀펴기 100개에 도전했다.

나는 운동을 하는 경이 옆에 앉아서 낮에 본 영화 이야기를 했다. 포레스트 검프가 달릴 때의 얼굴이나 오정해가 창을 할 때의 목소리, 명치가 간질간질하던 나의 기분. 경이는 대답하지 않고 끄응, 끙, 혹은 쉬익, 쉭, 이상한 소리를 내면서 가슴을 바닥에 찍고 올라왔다.

그런 저녁들이 반복되었다. 쓸쓸했다. 경이가 우리의 지금을 어떻게 생각하는지 궁금했다. 다른 무리에 속해 다른 관심사를 갖는 일은 우리에게 처음이고 나에겐 큰일인데, 너는 어떨까. 자연스러운가? 편한가? 묻고 싶었다. 솔직히 말하면 그때 나는 화가 나 있었다.

개네랑 노는 게 그렇게 재밌냐?

뭐, 그냥…… 몰랐던 걸 알게 되니까 신기하지.

공부를 그렇게 해봐라.

어, 뭐지? 너 지금 질투하는 거?

아니라고 빨리 대답했어야 했는데 그러지 못했다. 불 꺼진 방안에 어색한 침묵만 돌았다. 초침 소리가 미치게 무거웠다.

1초, 2초……

내일부터 영화 볼게.

경이가 말했다. 나는 내가 숨을 참고 있다는 걸 깨달았다. 들키지 않으려 숨을 가늘게 나눠 뱉었다.

영화 재밌어. 배울 것도 있고…….

구차하다는 걸 알았지만 무슨 말이든 해야 했다.

알았어. 형아가 같이 봐줄게.

경이가 내 머리를 잡고 마구 헝클었다. 바짝 깎은 스포츠머리라 헝클어지고 자시고도 없었지만 분명하게 헝클어진 것 같아서 머리를 만지다 늦게 잠들었다.

경이는 약속을 지키지 않았다. 하지만 경이 탓만 하기엔 조금 애매했다. 학부모 민원이 들어와 더 이상 영화는 틀어주지 않았다. 그 대신 TV 문학관이나 안보 교육 영상 같은 게 나왔다. 교실은 더더욱 아노미 상태가 되었다. 경이는 은근슬쩍 교실 뒤쪽의 아이들에게 돌아갔다. 나는 여전히 같은 자리에 앉아 재미없는 영상을 하릴없이 보거나 졸거나 만화책을 봤다. 하지만 귀는 자꾸 경이 쪽으로 열렸다.

그리고.

성교육 영상이 나오던 날. 바지통이 5라서 '오통'이라고 불리던 애가 여자친구와 키스한 이야기를 떠벌렸다. 자극적인 이야기였다. 오통은 그걸 더 자극적으로 표현할 줄 아는 애였다. 그 애가 키스를 했다는 곳은 대부분의 아이들이 다녔던 초등학교의 소각장이었다. 오통은 어떻게 거기로 여자친구를 데려갔는지 말했다. 나는 오통의 이야기에 귀를 기울이고 있는 내 자신에게 실망했다. 오통은 과장된 말투에 몸짓까지 섞어가며 이야기했다. 주위 애들이 웃으니까 더 신이 나서 너스레를 떨었다. 그 이야기는 경이가 지금까지 전해줬던 이야기보다 훨씬 너저분했다. 듣기 불편했다. 경이는 왜 저딴 이야기를 듣고 있지?

야. 그만 좀 해.

그렇게 말한 건 '불자지5', 아니 희준이었다. 늘 조용히 만화책만 들여다보고 있던 애가 오통의 말을 막은 것이다. 아이들의 이목이 집중됐다. 바로 옆에 앉았던 나는 희준을 말리려고 옷을 붙들었다. 희준은 떨고 있었다.

여자친구한테 미안하지도 않냐?

희준은 떨면서 계속 말했다. 오통이 픽 웃더니 희준을 향해 걸어왔다. 그 순간 나도 모르게 벌떡 일어났다. 오통 앞을 가로 막았다. 왜 그랬을까. 아니, 어떻게 그렇게 할 수 있었을까. 점점 더 크게 떨리던 희준의 몸이 나까지 떨게 만들었다는 것. 그게 이유가 될까. 오만가지 생각이 일어났다. 이제 뭘 어쩔 건데. 선빵이라도 날릴 거야? 소리라도 지를 수 있겠어? 하지 마, 지금이라도 가만히 있자. 돌아서, 앉아, 앉으라니까. 오통 왔다. 다 왔다. 나는 이제……

오통이 눈을 치뜨고 나를 노려봤다.

넌 또 뭐냐?

교실의 모두가 나와 오통을 보고 있었다. 경이는 어딨지? 찾을 여유가 없었다. 엎질러진 물이었다. 무슨 말을 할 용기까진 생기지 않았다. 가만히 시선을 받아낸 것만이 내가 할 수 있는 최선이었다.

뭐냐고, 씨발아.

오통은 나와 싸워서 질 거라는 생각은 전혀 하지 않는 듯했다. 그 판단은 옳았을 것이다. 키가 작았던 오통이 머리로 내 턱을 툭툭 받았다. 아프고 무서웠지만 맞을 때마다 오기 같은 게 생겼다. 내가 원래 이러는 애가 아닌데…… 이제는 희준이 내 옷깃을 붙들고 있었다. 떨고 싶지 않았다. 입에서 욕이 툭 튀어나왔다.

너는 뭔데, 씨발아.

말하고 속으로 놀랐다. 아니, 나 진짜 이런 애 아니잖아.

오통은 나를 밀치고 한 발짝 물러서더니 내 뺨을 때렸다.

뭐래, 불자지 새끼가.

눈에 불이 번쩍 났다. 그리고.

퍽.

둔탁한 소리가 들렸다. 경이가 《소년챔프》로 오통의 머리를 후려치는 소리였다.

퍽, 퍽.

오통은 경이에게 순식간에 제압당했다. 오통은 머리를 감싸 쥐고 바닥에 쓰러졌다.

얻다가 손을 대.

순식간에 일어난 일이었다. 숨을 고르는 경이의 가슴과 팔뚝이 왠지 두꺼워 보였다. 경이가 다시 《소년챔프》를 휙,

치켜들었다. 다가오던 오통의 친구들이 우뚝 멈춰 섰다. 소동은 거기까지였다.

경이가 나를 수돗가에 데리고 갔다. 얼음장 같은 물에 세수를 했다. 맞은 자리가 얼얼했다. 이가 딱딱 부딪혔다. 추워서가 아니라 긴장이 풀려서였다. 경이가 물 묻힌 손을 내 뺨에 댔다.

찌그레기 같은 게 손은 맵나 보네.

나는 경이의 손에서 얼굴을 뗐다.

왜 이래, 징그러워.

집에 퉁퉁 부어서 갈래?

더 거부하지 않았다. 내 손으로 해도 되는 일이었지만 그냥 경이에게 맡겼다. 경이는 손을 바꿔가며 내 뺨의 열을 식혀줬다.

걔들이랑 놀지 마.

유치하고 자존심 상하는 말을, 해버렸다. 풍선에서 바람이 새듯 웃음이 났다.

'얻다가 손을 대'는 너무 유치한 대사 아니냐? 인소 쓰는 것도 아니고.

…….

…….

이제 교실 뒤로 안 갈게.

나는 대답하지 않고 먼저 계단을 올랐다. 경이가 타닥, 뛰어서 나를 앞질러 갔다.

2

겨울방학을 기다리며 경이와 나는 머리를 길렀다. 1월까지 길러서 새해가 되면 염색을 하는 게 우리의 계획이었다. 나는 갈색, 경이는 빨간색. 경이는 강백호에게 한창 빠져 있었다. 그것 말고는 기대되는 게 없는 겨울이었다. 역시나 눈은 안 오고. 머리나 기르면서 시간을 보내야 했다. 머리는 곧잘 자랐다. 그럴수록 불길한 기운이 엄습했다. 보름이 지나자 더 이상 피할 수 없는 현실과 마주하게 되었다.

내 머리카락은 악성 반곱슬이었다. 믿을 수 없었다. 초등학교 6학년 때까지, 스포츠머리로 깎기 전까지, 내 머리는 찰랑이는 직모였다. 경이의 머리카락은 차분하게 잘 자랐는데 내 머리카락들은 한 올 한 올 자기주장을 하며 예측불가한 방향으로 뻗어갔다. 매직 스트레이트라는 게 있는 줄 몰랐던 나는 다시 머리를 밀었다. 중학교가 나를 망쳤다. 이를 갈면서. 경이는 미용실에 따라와서 구경을 했다. 재밌어 죽겠다는 얼굴이었다.

난감한 일은 연달아 일어났다.
경이와 나의 어머니들이 의기투합해 우리를 학원에 보내기로 한 것이다. 어디선가 자식의 미래에 관해 불안을 일으키는 이야기를 듣고 온 게 틀림없었다.
수학이랑 영어 기초는 해서 보내야지.
3월 모의고사 망치면 고등학교 3년 끝이야.
그렇게 시작하거나 끝나는 이야기들. 새삼스럽지도 않은 이야기들. 그러나 누군가 끄집어냈고 어머니들의 불안을 자극했으리라. 직면을 했으니 외면할 수도 없고 어디를 보내긴 보내야 하는데 어디로 보내나…… 두 사람은 고민하다가 수학과 영어를 묶어 7만 원에 가르쳐준다는, 시내의 입시학원과 비교하면 학원비가 반값인 보습학원에 보내기로 했다. 애써 괜찮은 척을 하면서. 여기 원장이 연세대를 나왔다는 말로 서로를 보듬어주면서. 원장이 수업을 하지 않는다는 건 애써 모른 척하면서.

겨울을 알차게 보내야 한다. 실력을 올려야 해. 밀리면 끝장이라고. 알아듣냐? 알아들어?

 방학식 날, 담임은 확신에 찬 어조로 말했다. 나와 경이는 질려버렸다. 우리는 후하게 쳐줘야 '어중간한' 성적의 중학생이었다. 고등학교에 가서 여전히 어중간할 예정이었다. 그건 아무것도 안 한다고 되는 게 아니었다. 나름의 노력과 깔끔한 포기가 필요한 일이었다. 우리는 싫어도 학교에는 가고, 죽을 쒀도 수능은 볼 애들이었으니까. 그러므로 고등학생이 되기 전까지는 아무것도 하지 말자. 쉴 수 있을 때 푹 쉬어두자. 그런 다짐을 했다.

 그런데 학원이라니.

 어머니는 다짜고짜 학원 수강증과 《수학의 정석》, 《맨투맨 영어 문법》을 들이밀었다. 방학 시작과 동시에 닥친 시련이었다. 심란한 마음으로 경이를 만났다. 경이는 자기가 얼마나 격렬하게 저항했는지 말했다. 당연히 이기지 못했고 어머니에게 몇 대 맞았다. 어깨가 다부지셨던 경이 어머니에게 나도 몇 번 맞아본 적이 있었다. 경이가 금세 제압당했을 거란 걸 알았다.

 엄마한테 맞다보니까 그런 생각이 들더라고.

 무슨 생각.

학원에 가면 여자애들이 있겠구나.

말을 말자.

나는 즐겁게 다녀보려고 해.

경이에게 뚜렷한 방학 목표가 생긴 것 같았다. 나는 왠지 불안해졌다.

그날 밤 경이는 우리 집 거실에서 염색을 했다. 아직 머리카락이 충분히 자라지 않았는데도 세븐에이트를 사왔다.

엄마, 저 염색 좀 해주세요.

웬 염색?

내일부터 학원 가려면 해야 돼요. 엄마들 때문에 계획이 틀어졌어. 빨리 해주세요.

경이는 자기 어머니에게 부리지 않는 애교를 나의 어머니에게 부렸다. 어머니는 팔을 걷고 앉아서 경이의 머리에 염색약을 발라주었다.

엄마, 그냥 대충 해. 바를 머리도 없구만.

염색에 가까이 다가간 경이가 부러웠다. 어머니는 내 맘을 아는지 모르는지 싱글벙글 웃었다.

엄마가 말야, 처녀 때 친구들 염색 다 해줬어. 잘 봐라. 경이 머리 색깔 기가 막히게 나온다.

경이는 눈을 동그랗게 뜨고 기뻐했다. 그럴 때의 경이는 토끼 같았다. 앞니가 조금 나와서 더 그렇게 보였다. 염색은 엉성했다. 포장지 속 모델의 머리는 윤기 나는 붉은색이었는데 경이의 머리는 시든 감귤색이었다.

이게 맞나……?

어머니도 고개를 갸웃했다. 속으로 고소해하고 있었는데 경이는 기뻐했다. 그냥 까만색만 아니면 되었던 걸까. 경이는 들뜬 표정으로 일찍 잠들었다. 나는 책상 앞에 앉아 라디오를 들었다. 스탠드 불빛에 비친 경이의 얼굴이 평소보다 밝아 보였다.

애 피부가 원래 이렇게 하얬나?

그즈음 나는 돌연히 다른 모습을 드러내던 경이의 얼굴에 자주 놀랐다. 라디오에서 이소라의 목소리가 나왔고 나는 늦도록 잠들지 못했다.

여자애들과 한 교실을 쓴다고 해서 연애를 하게 될 거라 생각하진 않았다. 어차피 나는 스포츠머리 신세인데다가 마음속에서 에로스적인 무언가를 발견하지 못하고 있었다. 사실 왜 다들 연애를 지상 과제처럼 여기는지 이해할 수 없었다.

학원의 분위기는 경이가 예상했던 것보다 더 활발했고 어수선했다. 거기도 공부를 하는 곳은 아니었다. 경이와 내가 다니게 되면서 남자와 여자가 각 열 명 씩, 완벽한 성비를 이루게 됐다. 교실에는 묘한 기류가 흘렀다. 누군가는 진짜였고, 누군가는 진짜에 가까웠고, 누군가는 남들을 따라 흉내 내보는, 연애와 닿아 있는 감정들이 들끓었다. 연애란 걸 해보기에 완벽한 조건과 관대한 마음들이 그곳에 갖추어져 있었다.

나와 경이는 이미 진행된 수업 진도를 따라가는 걸 일찌감치 포기했다. 그 대신 교실 안에서 오가는 감정의 방향을 가늠하며 놀았다. 『사랑의 스튜디오』의 '사랑의 화살표'가 눈앞에 보이는 것 같았다. 그건 딱히 누구를 좋아하지 않아도 재미있는 일이었다. 추리소설 속의 탐정이 된 것처럼 누구는 누구를 좋아하는데, 누구는 누구를 좋아해서, 결국 개랑 얘랑 잘 되지 않을까 짚어보는 놀이. 한치 앞을 내다보기 힘든 교통정리의 기간이었기에 무척 재밌었다.

그런 걸 관찰하는 재미에 푹 빠져 있으면서도 나는 몰랐다. 다른 애들의 놀이판에서는 나도 하나의 말이었다. 나와 경이가 학원에 다닌 지 열흘이 채 되지 않았을 때 감정의 선들이 하나둘씩 자리를 찾아갔다. 제대로 된 짝으로 열 쌍이 맺어진 건 아니었다. 연애에 몸이 달아오른 몇몇이 제 짝을 찾으면서 솟구치는 에너지를 어쩌지 못해 친구의 짝까지 찾아줬다. 그리하여 스무 개의 화살표가 가지런히 정돈되는 기적이 일어났다.

나와 '연결'된 건 지현이었다.
'연결'은 우리 학원에서 특별한 의미로 쓰인 말이었는데, 그게 되었다면 다음으로 해야 할 일은 고백이었다. 둘 중 누군가는 자신의 감정을 밖으로 내놓아야 했다. 어쩌다 보니 어느 순간에 손도 잡고 눈빛도 읽는 사이가 되었답니다, 같은 건 용납되지 않았다.

순식간에 세 커플이 탄생했다. 그 아이들을 중심으로 학원 밖에서의 연결이 지속되었다. 학원을 마치면 남자애들끼리 농구를 자주 했는데 커플이 된 여자애들이 남자친구를 응원하러 왔고, 그 애들을 따라 다른 여자애들도 와서 결국엔 스무 명이 다 모였다.

아파트 단지 내의 초록색 우레탄 코트에서 남자애들은 여자애들을 한껏 의식하며 농구를 했다. 과장된 몸짓과 과도한 매너로 점철된 유사 농구였다. 여자애들은 벤치에 앉아서 연예인 이야기를 하거나 헤어스타일과 화장법에 대한 정보를 교환하다가 남자친구가 골을 넣으면 소리를 높여 환호를 해줬다. 가장 열정적이었던 건 경이의 여자친구, 희주였다. 희주는 내가 골을 넣어도 기뻐했다. 옆에 앉은 지현의 손을 붙들어 박수를 쳐주기까지 했다.

글쎄.

나는 지현이 그 상황을 지루해하고 있다는 걸 알았다. 지현은 거기 있었던 누구보다도 농구를 잘 아는 애였다. 지현은 이상민의 팬이었다. 지현이 쓰는 물건들에는 모조리 이상민의 사진이 붙어 있었다. 연세대 시절부터 현대 걸리버스에서 뛸 때의 이상민을 골고루 가지고 있었다. 그리고 딱 한 번, 자기 앞에 굴러온 농구공을 코트 안으로 던져주었을 때, 완벽한 자세의 체스트패스를 했다. 공이 빨랫줄처럼 쭉 날아와 골밑에 있는 아이에게 전달됐다.

그 코트에서 봤던 것 중에서 가장 좋은 패스였다.

그런 애의 눈에 우리의 농구가 재미있을 리 없었다. 어찌 됐든 연결이 된 탓에 신경이 쓰였고 지현이 있으면 왠지 몸에 힘이 들어가 삐걱거리게 됐다.

경이와 희주, 나와 지현은 더블데이트를 몇 번 했다.

더블데이트.

곱씹을수록 이상한 말이었다. 그걸 왜 더블로 할까. 아니 그보다도 나랑 지현이 어떻게 데이트를 해. 하지만 신이 난 경이의 흥을 깰 수가 없어서 그냥 했다. 경이와 노는 것의 확장판이나 번외편 정도로 생각하면 못할 일도 아니었다.

우리는 스케이트장에 가고, 영화관에 가고, 윈도쇼핑도 하고, 떡볶이도 먹었다. 많은 말을 할 필요도 없었다. 더블데이트의 실상은 경이와 희주의 사랑 놀음을 보는 일이었다. 나와 지현을 이어준답시고 불렀지만 속내는 둘 사이의 증인이 되어주길 바라는, 예쁘고 미운 짓.

지현도 많은 말을 하지 않았다. 희주의 애정표현이 좀 과해진다 싶으면 언니처럼 말리기만 했다. 말없이 희주의 손목을 슬며시 쥐고, 그쯤 했으면 됐어, 말하듯이 눈으로 살짝 웃었다. 그러면 희주도 잠깐은 차분해졌다.

그러므로 더블데이트는 대체로 견딜만 했다. 문제는 나와 지현, 둘만 남는 순간이었다. 스케이트장에서 경이와 희주가 손을 잡고 링크를 돌 때, 극장에서 매표소 직원의 실수로 자리가 둘씩 떨어졌을 때. 나와 지현은 갓길 없는 도로 위에 선 초보 운전자처럼 남아 있었다.

우리도 같이 스케이트를 탔고 팝콘을 나눠 먹었지만 지

현이 무슨 생각을 하는지 도통 알 수가 없었다. 농구 이야기를 하거나 이상민 이야기를 하면 좀 나았지만 이야기는 금세 내가 쫓아갈 수 없는 방향으로 흘러갔다. 몇 번의 더블데이트를 하는 동안 내가 지현에 대해 알게 된 거라곤 그 애가 김밥을 먹을 때 오이를 다 빼놓는다는 것이었다. 고작 그것뿐이었다.

지현의 머릿속이 깜깜하니 그것에만 몰두하게 됐다. 그건 새로운 경험이었다. 친밀하지 않은 누군가의 생각과 마음을 궁금해하는 일. 지현과 있으면서 지현을 궁금해했고 그러다가 문득, 이런 게 누군가를 좋아하는 마음인 걸까, 생각해 버렸다. 궁금한 것 이전에 내 마음을 스스로에게 물어볼 생각을 못했다. 그럼에도,

좀 궁금해.

지현에 대해 그렇게 말해버렸다. 실수였다. 무심코 한 말이었는데 경이는 반색했다.

내가 이거, 진짜 너니까 알려주는 거다.

경이는 인터넷 카페에 접속했다. '사랑을 하고 싶은 중딩 모여'는 회원 수가 2천 명이 넘었다. 경이는 '왜가리선생님'이라는 닉네임으로 활동 중이었고 제법 네임드였다.

'고백 노하우' 방에는 수백 개의 고백 방법이 올라와 있었다. 경이는 제목을 슥슥 훑어보다가 마음에 드는 게 있으면 클릭했다. 그렇게 몇 번 하더니,

이거다!

글 하나를 복사했다. 지현을 향한 나의 고백 프로젝트가 그렇게 시작되었다. 나의 동의를 구한 일은 아니었으나 말리지 않았던 걸 보면, 나도 뭔가 하긴 해야 하는 건가, 따위의 생각을 했던 것 같다.

경이가 찾은 고백 방법은 '백전백승! 노래방에서 고백하는 TIP★'이었다. 경이와 희주는 그 방법에 자신들의 아이디어를 보태 시나리오 하나를 완성했다. 삼십 분 정도 걸렸다. 둘은 무척 행복해 보였다. 노트를 덮은 희주가 내게 노래를 고르라고 했다. 시나리오의 마지막에 내가 노래를 불러야 해서였다. 노래를 부르는 동안 두 사람이 케이크와 꽃을 들고 들어오고 나는 노래를 마저 부른 뒤 고백의 멘트를 하는 것이었다. 들러리로 애들 몇 명 더 부르면 게임 오버. 받아주지 않고는 못 배길 상황이 완성된다고 했다.

감정이 아니라 상황으로 몰아가는 고백 방법이었다. 다분히 폭력적이었지만 나도 고백이라는 걸 해본 적이 없으니 그런 것도 방법이 되는가 보다, 했다.

디데이는 토요일이었다. 경이는 해가 뜨기도 전에 일어나 내 옷장을 뒤집어 놨다. 카페에서 봐둔 코디를 구현할 만한 옷을 찾으려는 것이었다. 방이 난장판이 되고 자기 집에 두 번이나 뛰어 갔다 온 다음에야 내가 입을 옷들이 갖춰졌다.

약속 시간 한참 전에 희주와 먼저 만났다. 희주는 밤새 준비한 거라면서 종이 한 장을 내밀었다. 워드프로세서로 쓴 대본이었다. 뭐랄까. 아름다운 글이었지만 어디까지나 글이어서 말이 될 것 같지는 않았다. 길어서 외울 수도 없었다. 그래도 몇 개의 단어들은 기억해 보려고 노력했다. 내 마음과 맞아서는 아니었다. 내가 아직 완전하게 이해하지 못한 말들. 하지만 그 순간에 어울릴 것 같은 말들이었다.

지현은 다른 애들과 노래방 앞에 있었다. 리바이스 진청색 치마에 초록색 폴로 꽈배기 니트를 입고 빈폴 크로스백을 맨 차림이었다.

야, 쟤도 오늘 엄청 신경 썼네.

희주는 그게 좋은 신호라고 했다. 저거 가방도 새 거네. 근데 리바이스는 짭이야. 혼잣말처럼 덧붙였다. 나의 긴장을 풀어주려고 그러는 것 같았다.

노래방은 두 시간을 잡았고 애들은 아무것도 모르는 척 노래를 불렀다. 지현은 백지영의 「Sad Salsa」를 불렀다. 이제 어떻게 살아야 하나. 처연한 가사가 지현의 평소 모습과 어울리지 않았지만 노래 실력은 엄청났다. 진짜 백지영이 온 줄 알았다. 지현은 앉은 채로 노래했는데 애들은 홀린 듯이 팔을 들었다 내리며 춤을 췄다. 곧 노래로 고백을 해야 하는 나로선 대단히 부담되는 실력이었다. 그래서 지현이 노래하는 동안 가만히 앉아 있었다. 춤출 기분이 아니었다. 지현은 노래를 부르면서 나를 흘끗 봤다. 저 여유⋯⋯ 갈수록 긴장이 심해졌다.

다른 애들이 신나게 노는 동안 나는 티 나지 않게 목을 풀고 희주가 준 대본을 몰래 봤다. 그리고 지현을 봤다. 티 나지 않게 조심하면서. 지현의 무표정한 얼굴을 확인할 때마다 겁이 났다. 나는 그게 겁인 줄도 모르고, 고백을 앞둔 자의 설렘이란 이런 건가, 고백이란 참 불편한 거네, 바보 같은 생각만 했다. 왜 고백을 해야 하는지는 이미 안중에 없었다. 성공이냐 실패냐. 그것만이 중요했다.

시간이 20분 정도 남았을 때부터 아이들이 하나둘 방에서 나갔다. 지독히도 어색한 연기들을 하면서. 아유, 엄마가 왜 자꾸 전화를 하지? 음료수 마시러 가야겠다. 화장실 좀 다녀올게. 굳이 소리 내어 말하면서.

경이와 희주까지 나갔을 때 시간은 10분 남짓 남아 있었다. 시나리오대로였다. 심장이 빠르게 뛰고 손에 진땀이 났다. 이 다음에 뭘 하기로 했지? 침묵 속에서 1분이 그냥 갔다. 공기가 초 단위로 무거워졌다.

넌 노래 안 불러?

지현이 말했다.

응? 어, 해야지······.

나는 김동률의 「사랑한다는 말」을 선곡했다.

노래하기가 힘들었다. 가수의 목소리를 따라 부를 때는 몰랐는데 가사가 너무 좋았다. 그 아름다운 노랫말을 다른 애들이 없는 곳에서, 지현만 듣도록 부르는 게 힘들었다. 결국 후렴을 앞두고 마이크를 내렸다. 하울링이 울렸다. 나는 얼른 마이크를 껐다. 언제부터였는지 지현은 대본을 읽고 있었다. 나는 그걸 바닥에 흘린 줄도 모르고 있었다. 지현이 대본을 내려놓고 무표정한 얼굴로 나를 봤을 때, 애들이 방으로 우르르 들어왔다. 지현은 대본과 나를, 다음엔 나와 애들을, 그중에 희주를 번갈아 보다가 밖으로 나갔다. 희주가 지현을 따라갔다. 다른 애들도 방에 들어오지 않고 흩어졌다. 나와 경이만 남았다. 경이는 케이크를 들고 엉거주춤 서 있었다. 촛농이 크림 위에 떨어지자 급하게 훅, 초를 껐다.

그날 저녁에 경이가 자기 집으로 나를 불렀다. 대문 앞에서 기다리던 경이는 손가락을 입술에 대면서 따라오라고 손짓을 했다. 경이를 따라서 간 곳은 주인집 옥상이었다. 지대가 높은 곳이어서 야경이 잘 보였다. 경이는 손에 들고 있던 비닐봉지에서 맥주 캔을 꺼냈다.

오늘 일은 미안해.

네가 왜.

이거 마시고 잊자.

경이가 캔을 따서 내 손에 쥐여주었다. 한 모금 마셨다. 탄산이 목을 긁었고 따끔했다.

나 아무렇지도 않아.

진심이었다. 이제 더 이상 지현에 대해 궁금해할 필요가 없다는 것이, 노래 연습을 안 해도 된다는 것이, 편하게 농구를 해도 된다는 것이, 좋았다. 인생 최초의 고백이자 최초의 퇴짜였지만 그저 좋기만 했다.

이런 게 고백이야? 진짜?

하늘은 보기 좋게 컴컴했고 대체로 주황색인 도시의 불빛은 별 같기도 하고 경이의 머리색 같기도 했다. 야경을 망연히 보면서 맥주를 한 모금씩 먹는 기분이 근사했다.

지현이가 널 남자로 보지는 않았나 봐.

그런 말을 들어도 기분이 하나도 나쁘지 않았다. 좀 허무했을 따름이었다.

이런 마음으로 대체 뭘 하려고 한 거지.

지현에게 조금 미안했다.

3

월요일이 되었을 때 희주와 지현은 학원에 오지 않았다. 같이 그만뒀다고 했다. 둘이 심하게 다퉜다는 얘기도 들렸다. 다른 애들이 내 눈치를 보는 게 느껴졌다. 그러자 실감이 났다. 나는 지금 사랑에 실패한 사람이로구나. 실연당한 사람의 쓸쓸한 표정을 흉내 냈다. 그게 애들이 보고 싶어 하는 반응일 것 같았다. 어쨌든 난 괜찮았다. 안 괜찮았던 적이 없었으니까.

문제는 경이였다. 지현과 함께 학원을 그만둔 건 아마

도 희주 나름대로의 이별 통보였다. 경이는 몰랐다. 감도 못 잡았다. 나도 몰랐다. 세상에는 그런 이별도 있는 법이지만 우리의 상식과 법도에는 어긋나는 방식이었다. 사흘 동안 전화와 문자, 메일까지 모조리 무시당하고 나서야 경이는 현실을 받아들였다.

이번에는 내가 경이에게 캔맥주를 사줬다. 경이는 조금 울었다.

응? 울어?

그렇게 물어본 건 우는 경이의 마음이 정말로 궁금해서였다. 설마, 진짜 사랑을 했던 거니? 경이는 말없이 코를 훌쩍이며 울었다. 어떻게 해야 좋지. 이럴 땐 내가 뭘 어떻게 해야 하지. 같이 울 수도 없고, 그만 울라고 하기도 좀 그렇고. 그냥 가까이 다가앉아서 어깨를 두드렸다. 경이가 떨고 있었다.

추우면 들어가자.

경이는 고개를 저었다. 희주를 향한 나의 원망이 마른 풀에 불 번지듯 일었다.

경이는 전형적으로 방황했다.

잠수타기, 6시간 가출하기, 취하기, 괜히 시비 걸기, 사연 있는 얼굴로 멍하니 있기, 가끔 울기.

비련의 주인공마냥 굴었고 세상의 모든 슬픔을 끌어당기는 블랙홀이라도 된 양 행동했다. 슬픔에 빠진 경이를 나는 내 나름대로 버텨야 했다. 온 힘을 다해 위로를 해주기로 마음먹었으나 쉽지가 않았다. 고작 일주일이었지만 경이의 웃는 얼굴을 못 보니 그 시간이 억겁처럼 느껴졌다.

그리고 다시 월요일, 모든 건 원래대로 돌아왔다.

학원에 여자 아이 한 명이 새로 들어왔다. 이름이 아라였던 그 애는 첫날부터 지각을 했다. 그리고 경이는 바로 그 모습, 아라가 지각하는 모습을 보고 첫눈에 반했다.

죄송합니다, 말하면서 들어오는 아라. 찬바람에 뺨이 붉어진 아라. 아직 덜 자란 다리로 높은 문턱을 넘는 아라. 떡볶이 코트를 입은 아라. 갈색 모카신을 신은 아라.

내 맘속으로 걸어오더라고.

경이가 말했다. 그건 뭐 어떻게 하는 건데, 싶었지만.

웃으니까 됐다. 네가 웃었으니 됐다.

그렇게 말했다.

기운을 되찾은 경이는 의욕적으로 카페에 접속했고 연애 선배들의 조언에 따라 희주와의 관계를 복기했다.

너무 다 줬다. 한꺼번에.

이게 결론이었다.

한꺼번에 안 주는 방법은?

나에게 물어봤지만 내가 알 턱이 있나.

왜 그래야 해?

도움이 되지 않는 말만 보탤 뿐이었다.

안 주는 척을 하자.

그러니까 경이는, 아라를 좋아하지만 막 미치게 좋아하는 건 아닌 연기를 계획했다.

그게 될까?

내가 걱정을 하자,

선배님들을 믿고 간다.

자신감을 보였다. 또 다른 가르침에 따라 경이는 아라의 애칭을 만들었다. 애칭. 사랑을 담은 호칭. 경이가 그런 걸 만들 줄은 몰랐다. 여태껏 내 별명도 하나 만들지 않았던 경이였다. 경이가 아라를 생각하며 만들어낸, 마음의 설렘은 유지하되 아라는 모르게 하는 암호는,

곰이었다.

조곰.

경이는 지각을 하는 아라가 아기곰을 닮았다고 했다.

경이의 머릿속에 가장 귀여운 동물은 아기곰이었던 것이다. 거기에 아라의 성씨를 붙여 조곰이라는 애칭이 탄생했다.

밤이고 낮이고, 방이고 밖이고, 조곰 조곰. 경이는 아라를 말했다. 아라만을, 아니 조곰만을 생각하는 날들. 나는 아라보다 조곰에 더 빨리 익숙해졌지만, 경이는 아라가 모르도록 조심했다. 그래야 조곰은 경이만의 아라일 수 있었다.

경이는 은근하게 잘해줬다. 정성을 쏟고 있다는 게 보였다. 희주를 만날 때와는 다르게 와르르 쏟아내거나 활활 타오르지 않았다. 그렇게 만들어낸 마음의 틈에 조곰에 대해 알게 된 것을 차곡차곡 채워 넣었다.

조곰이,

장우혁을 좋아한다는 것. 파나소닉 시디플레이어가 보물 1호라는 것. 은희경과 시드니 셀던을 좋아한다는 것. 바나나맛 우유를 매일 마신다는 것. 메일보다는 손 편지를 좋아한다는 것.

학원을 마치고 나면 경이는 피곤에 지쳐 낮잠을 잤다.

뭘 하는 것보다 안 하는 게 더 힘드네.

어쨌든 경이와 조곰은 자연스럽게 '연결' 단계까지 갔다. 경이가 엄청나게 원한다는 느낌이 들지 않았으므로 조곰도 부담스러워하지 않는 것 같았다. 경이에게 먼저 다가와 장난을 치기도 하고 경이의 필기구를 말없이 빌려가기도 했다. 경이의 노력은 틀림없이 성과가 있었다.

이제 남은 건 고백이었다.

그즈음해서는 나도 경이와 함께 모니터 앞에 앉아 고백 노하우를 살폈다. 2년 전 게시물까지 거슬러 올라간 끝에 조곰의 마음을 저격할 고백 시나리오 하나를 찾았다. 과정이 몹시 복잡한 시나리오였고 내가 할 일이 꽤 많았다.

시나리오는 이러했다.

편지를 쓴다(함께 쓰되, 글씨는 내가 쓴다).

편지를 낭독하고 공CD에 녹음한다(우리 집에 있는 전축용 마이크로).

H.O.T.의 「너와 나」를 배경음악으로 깐다.

녹음 CD는 내가 갖고, 조곰을 불러낸다.

목적은 고민 상담. 내가 좋아하는 애가 있는데……로 시작하는 가짜 고민으로 조곰의 예감을 차단한다.

동네 한 바퀴를 걷다가 보답의 의미로 CD를 건넨다. 좋아하는 노래를 모은 거라고. 친절하게 조곰의 시디플레이어에 걸어준다.

벤치에 앉히고 시간을 잘 체크한 다음에 자리를 뜬다.
재생이 끝날 때쯤 경이가 나타난다.
바나나맛 우유와 장미를 건네고, 말한다.
우리 사귀자.

사귀는 게 뭔데?
조곰이 물었다. 경이는 '좋아' 아니면 '싫어'만 생각했지 질문을 받게 될 줄은 몰랐다.
어…… 자주 보고, 연락도 하고, 집에 갈 때는 같이 가고…….
경이가 더듬더듬 대답했다. 조곰은 경이를 빤히 쳐다봤다.
……아닌가?
경이는 혼란스러웠다. 뭐지, 뭔가 더 있는 건가.
너도 잘 모르는구나?
조곰이 말했다. 경이는 자기도 모르게 고개를 끄덕였다.
일단은 나도 좀 생각해 볼게.
조곰이 먼저 일어났다. 경이는 일이 잘 된 건지 아닌지 판단을 할 수 없었다. 시나리오 뒤의 시간은 명백하게 현실이었다. 경이는 한참 동안 그 자리에 앉아 있었다. 춥고 어두워지는데도 그대로 있었다. 움직이면 뭔가 박살날 것 같아서 자세도 바꾸지 못하고 삭막한 겨울 산 뒤로 해가 넘어가는 걸 봤다.

눈이 시리더라.

경이는 천장에 붙은 외계인을 보며 말했다. 그리고는 다시 입을 다물고 눈을 감았다.

이야기를 들으며 나는 조곰에게 감탄했다. 생각해 볼게, 라니. 그런 말도 다 있구나. 고백에 그렇게 답할 수도 있구나. 말이 상대방을 완전히 꽁꽁 묶어버리는구나. 조곰이 존경스러웠다.

조곰은 아무 일도 없었던 것처럼 경이를 대했다. 그게 경이를 미치게 만들었다. 경이는 애가 닳아 없어질 것 같다 했지만 나는 조곰을 믿었다. 조곰이라면, 나와 경이가 미처 생각지 못한 이것저것을 찬찬히 짚어보고 있을 거라 생각했다.

경이에 대해서, 자신에 대해서, 경이와 자신에 대해서, 그리고 또……

현명한 결정을 내려줄 거라 기대했다. 하지만 그 애도 이제 막 열일곱이 됐을 뿐이었다. 아마 경이의 거창한(정말

거창했지) 고백에 당황했을 것이다. 시간을 달라고 말하긴 했지만 그 시간의 끝을 자신이 정해야 한다는 것이 부담도 되었을 것이다. 사람 마음이라는 게 무 자르듯이 뚝뚝, 한 조각씩 나눠 가질 수 있는 게 아니라는 걸 경이도, 조곰도, 나도 잘은 몰랐던 것이다. 생각해 보면 무를 써는 것도 마냥 쉬운 일은 아니지 않나.

그럼에도 조곰은 용기를 내주었다.

잠깐 둘이서 얘기 좀 할게.

조곰은 경이만 데리고 학원 뒤편의 골목으로 갔다. 나는 학원 문 앞에 서서 두 사람을 기다렸다. 정확히 말하면 경이를 기다렸다.

이제 둘은 어떻게 되는 걸까. 잘 되는 건가. 어? 그럼 나는 또 어떻게 되는 거지. 또 더블데이트를 하게 되나. 그러느니 차라리 셋이 놀자고 하자. 아니면 그냥 빠져야지. 근데 뭐가 됐든 좀 싫다.

경이가 돌아왔다. 조곰 없이 경이만 왔다. 경이는 고개를 푹 숙이고 내 어깨에 머리를 댔다. 이마가 뜨거웠다. 정수리에서 뭘 굽는 것 같은 냄새가 났다. 타는 냄새였나. 뭔가 탔다면 그건 경이의 마음이었을 것이다.

조곰은 경이의 고백을 거절했다. 여지도 없이 반듯하고

단정하게. 경이는 조용히 내 방으로 들어가 이불을 깔고 누웠다. 피곤해서 자야겠다고.

경이는 못 잤다. 숨소리만 들어도 알 수 있었다. 그 불규칙하고 여린 호흡을 듣고 있으니 나도 잠이 오지 않았다. 라디오를 틀었다. 신해철의 목소리가 나왔다. 신해철은 그날 모든 광고를 1부에 다 틀어버리고 2부부터는 휴식 없이 방송을 했다. 한번 이렇게 해보고 싶었어요. 그럴 수도 있지. 안 그래? 이거나 들읍시다.

「라젠카 세이브 어스」가 방안에 흐르고,

경이의 호흡이 천천히, 차분해졌다.

경이는 기이한 에너지를 뿜기 시작했다. 일종의 현실 부정 행동이었다. 자신은 아직 조곰을 포기할 마음이 없다면서, 긍정적으로 생각할 거라 했다. 슬픔에 빠진 것보다 더 위험해 보였다. 조금이라도 기분이 가라앉으면 큰일이라도 나는 것처럼 신나는 노래를 듣거나 웃긴 동영상을 찾아봤다. 생전 가지 않던 도서관에 가서 '긍정'이라는 단어가 들어간 책을 잔뜩 빌려왔다.

아무 것도 하지 않으면, 아무 일도 일어나지 않는다.

책에서 읽었다는 구절을 내 책상에 붙여놓고 수시로 되

뇌었다. 그러면서 한 일은 카페를 들락거리는 것이었다. 경이는 두 번, 세 번 고백을 해서 성공한 사람들의 수기를 찾아 읽더니 마음에 드는 걸 찾았다며 나에게 보여줬다. 상대방이 다니는 학교 운동장에 '쳐들어가서'(정말 그렇게 쓰여 있었다), 전교생이 보는 앞에서, 고백을 한다. 나는 이건 '노래방 고백의 지옥불 버전'이라고 생각했다.

아니야, 이건 아니다.

경이를 말렸다. 경이가 의기소침해졌지만 더 이상 상처받게 둘 수는 없었다.

누가 그렇게 고백을 해.

그런데 그걸 한 사람이 나타났다. 알고 보니 우리 학교에도 그 카페에 가입한 애들이 많았고 그중에 한 아이가 지옥불 같은 그 고백을 한 것이었다.

다름 아닌 조곰에게.

우리 학교와 조곰의 학교가 발칵 뒤집혔다. 일을 벌인 애는 무단 결과에 타 학교(무려 여자중학교) 무단 침입으로 걸려 어마어마하게 매를 맞고 교내 봉사 2주에 처해졌다. 그럼에도 불구하고 그 고백은 가치가 있었다는 게 중론이었다. 그 아이는 두 학교 아이들의 열렬한 정서적 지지를 받는 '언플러그드 보이'가 되었다. 자기의 새 별명이 마음에 들었는지 그 만화의 주인공 현겸이처럼 풍선껌을 불고 다녔다. 이미 조곰과 사귀는 사이가 되었다는 이야기가 돌았다.

경이는 시름시름 앓았다.

내가 했어야 했는데. 할 수 있었는데.

풀이 죽은 경이를 보고 있자니 미안한 마음이 들었다. 내가 또 알면 뭘 얼마나 안다고. 말리지 말걸 그랬나. 하지만 이상했다. 조곰이 그렇게 요란한 이벤트를 좋아하는 타입이었나? 우리도 더 엄청난 걸 준비했어야 했나. 아무리 생각해도 독서실에서 잠깐 보고 조곰에게 반했다는 언플러그드 보이보다야 경이가 조곰을 더 잘 알았을텐데. 아는 것만으로는 사랑을 이룰 수 없는 건가?

이상한 건 또 있었다. 그런 고백을 받고 관심의 중심이 되었으면서도 조곰은 조금도 달라지지 않았다. 그런 조곰은 우아해 보였다. 뭐라도 달라졌겠지. 하루는 작정하고 관찰했는데도 말투, 걸음걸이, 웃음소리, 공부하는 표정, 모든 게 변함이 없었다.

우리 동네의 스타 커플이 될 것 같던 조곰과 언플러그

드 보이의 스캔들은 허무하게 끝났다. 고백 사건 이후 둘이 이렇고 저런 사이가 되었다는 건 다 소문에 불과했다. 둘은 한 번도 만난 적이 없었고, 조곰은 비공식적으로 한 번, 공식적으로 한 번, 언플러그드 보이를 찼다.

먼저 비공식적인 장면.

운동장에서 "사귀자! 사랑한다!" 외치는 언플러그드 보이에게,

왜 저래, 미쳤나 봐!

조곰이 소리를 지르고 교실 밖으로 나갔는데 다른 애들(조곰과 그다지 친하지도 않은)이 "쟤 부끄러워서 그래"라고 창밖을 향해 외쳤다.

언플러그드 보이는 쏟아지는 환호와 그 뒤에 이어진 소문에 취해 자신의 상황을 대책 없이 낙관해 버렸다. 조곰이 연락을 무시하고 편지에 답장도 하지 않는데도 '많이 부끄러운가 보네' 하고 넘겨버렸다.

그리고 공식적인 장면.

언플러그드 보이는 다시 조곰의 학교에 찾아갔다. 이번에는 하교 시간이었다. 많은 아이들이 교문 밖으로 나오고 있는 도중에 조곰의 앞을 가로막았다. 풍선껌을 불면서, 언플러그드 보이의 입술에서 풍선이껌 톡, 터졌을 때

조곰이 말했다.

나 너랑 안 사귀어. 비켜.

냉랭하게 말하고 언플러그드 보이를 지나쳤다. 그 모습에 놀라는 한편, 감명을 받은 아이들이 조곰의 주위로 몰렸고 언플러그드 보이는 대꾸도 못한 채 발길을 돌렸다. 그날 집에 가면서 조곰이 했던 말은 명언처럼 회자가 되기도 했다.

지가 좋다고 하면 나도 좋아해야 해?

그 이후로 언플러그드 보이는 자기를 보호하기 위한 말들을 하고 다녔다. 조곰이 애매하게 굴었다거나 그냥 만만해 보여 사귀자고 해봤을 뿐이라는 식의, 상대를 깎아내려 자신을 올리는 이야기를 해댔다. 나는 혹여나 경이가 언플러그드 보이를 응징하려 할까 봐 걱정이었다.

경이는 억지로 에너지를 발산하던 상태를 지나 좀비 비슷하게 지내고 있었다. 조용하긴 하지만 언제 물지 몰라 불안한. 다행히도 경이가 언플러그드 보이를 무는 일은 일어나지 않았다. 그 애의 말은 이미 신빙성을 잃어서 아무도 귀 기울여 주지 않았다. 그 애의 입지는 좁아졌다. 영웅을 기다리는 것 이상으로, 영웅의 몰락을 반기는 남자중학교의 생태계에서 언플러그드 보이는 그렇게 내쳐졌다. 그 모습이 딱해 보였다. 경이도 이따금씩 그 애를 물끄러미 보곤 했다.

쟤나 나나…….

그런 말을 하고 나서 경이는 며칠 아팠다. 처음에는 목이 따끔거린다고 하더니 다음 날엔 쉴 새 없이 재채기를 했고 두통을 호소하다가 결국 오한으로 몸을 덜덜 떨었다. 이마에 손을 올려보니 불덩이였다. 곧장 약국으로 달려갔다. 문을 여는 시간은 10시였는데 내가 도착한 건 9시 반이었다. 약국 앞에서 기다렸다. 약사는 정확한 시간에 출근했다. 머리가 하얗게 센 할머니 약사였다. 그녀는 나를 흘끗 보더니 셔터를 올리며 말했다.

감기 걸리기 전에 약부터 사놓게?

네?

너 옷 좀 봐라.

나는 파자마에 맨투맨 티 한 장만 입고 있었다. 어쩐지. 추위도 너무 춥더라. 약사 할머니가 자판기에서 율무차를 뽑아주셨다.

그래, 무슨 약 줄까?

종합감기약요.

화이투벤을 받았다. 쌍화탕도 두 병 샀다. 약사 할머니가 내 얼굴을 가만히 봤다.

걱정 마, 총각. 안 죽어.

내 얼굴이 그렇게 심각했나. 좀 멋쩍었다. 그녀가 싱긋 웃었고 나도 따라 웃었다. 그러자 마음이 놓였다. 경이도 이제 괜찮을 거라고, 내가 돌아가면 약도 먹고 죽도 먹고, 그러다 깨끗이 나아서 웃을 거라는 생각이 들었다.

약사 할머니가 손을 흔들어주었고 나는 꾸벅 인사를 한 뒤 다시 달려서 집으로 돌아갔다.

병을 떨쳐낸 후로 경이의 분위기가 바뀌었다. 폭주기관차도 좀비도 아닌, 봄날의 자전거 모드였다. 평상시보다, 아니 경이 인생에서 가장 차분한 상태가 됐다. 조곤 이야기를 하지 않았고 카페에 접속하지도 않았다.

경이는 밤마다 운동장을 달렸다.

왜 이렇게 가슴이 뛰지?

그게 이유였다. 겉으로는 침착해 보였지만 마음은 그렇지 않은 모양이었다. 나는 스탠드에 앉아서 경이가 네 바퀴, 다섯 바퀴, 운동장을 뛰는 걸 봤다.

무슨 생각을 하면서 뛰는 걸까?

나는 궁금했다. 왜 그러는지. 무엇이 너를 그렇게 자꾸 움직이게 하는지.

나의 이해 바깥으로 달려나가는 경이.

그런 경이를 생각하니 외로웠다. 무서웠다. 나도 달려보기로 했다. 막상 함께 달려보니 경이는 보는 것 이상으로 훨씬 잘 달렸다. 나는 두 바퀴 만에 달리기를 포기했다.

열흘 넘게 묵묵히 달리기만 하던 경이가 말했다.

이제 조곰이라고 안 부를 거다.

그럼 뭐라고 불러?

경이는 당연한 걸 왜 묻느냐는 얼굴로 나를 봤다.

뭐긴 뭐야, 아라지.

발렌타인데이. 아라가 경이를 불러냈다. 경이는 저녁 시간이 한참 지나서야 돌아왔다.

시간이 너무 빨리 갔어.

과연 그랬을 거라고 생각했다. 아라는 정말 멋진 애니까. 그런 아라와 중요한 사이가 되었다는 건 경이에게 꿈같은 일이었을 것이다. 그것도 모자라 초콜릿까지 받았다. 그리고,

눈이 내렸다.

그리고 경이는 아라와 눈사람을 만들었다. 눈이 쌓일 때

까지 기다리고 눈이 쌓이지 않으면 어쩌나 걱정하면서, 해가 지도록 캔 커피를 손에 쥐고 둘이서 공원에 있었다. 결국 눈은 쌓여서 뭉치고 굴릴 수 있었다. 장갑 없이도 손이 시리지 않았다고 했다.

눈.

그걸 너만 봤어? 경이에게 서운했다. 눈 오는 날 뭘 하기로 약속한 것도 아닌데. 경이가 눈사람을 나와 만들어야 한다는 법이 있는 것도 아니고. 그래도 마음이 그랬다. 나도 만들고 싶었다. 눈사람을. 경이와.

언제 또 할 수 있을지도 모르니까.

그 말은 하고 싶지 않아서 말없이 커튼을 걷었다. 함박눈이 오고 있었다. 얼굴에 미소가 번지는 걸 막을 수 없었다. 경이가 내 옆으로 바짝 다가섰다.

나가자. 너랑 놀려고 얼른 뛰어왔다.

경이가 말했다.

퍽이나.

경이의 말을 믿지 않았지만 웃음은 났다.

우리는 밤늦도록, 아주 늦도록, 눈을 뭉쳐서 우리의 키보다 훨씬 큰 눈사람을 만들었다.

경이와 함께 만든 마지막 눈사람이었다.

4

눈은 아침까지 녹지 않았다. 우리는 발목까지 쌓인 눈에 일부러 발을 넣으며 학교에 갔다. 고등학교 예비 소집일이었다.

세상이 다르게 보인다.

경이는 우리가 만들었던 눈사람에 초콜릿을 꽂았다.

달콤하지?

행복해하는 경이. 경이는 또, 사랑에 온몸을 던지고 있었다. 간 보고 재는 일은 하지 않겠다고 선언했다.

사랑에 노하우가 어디 있나.

연애를 시작한 경이는 각성 상태였다. 나는 덮어두었던 상실감과 마주해야 했다.

나와 경이는 다른 학교에 배정되었다.

우리는 지역에 처음 생긴 남녀공학을 1지망으로 썼다. 여자와 남자가 같은 학교에 다니면 큰일이 나는 줄 알았던 보호자들이 많아서 경쟁률이 낮은 편이었다. 그런데 경이만 붙고 나는 2지망 학교에 가게 됐다.

더 많이 아쉬워했던 건 경이였다. 내가 달래줘야 할 정도였다. 두 학교 사이의 거리가 멀지 않다. 같은 정류장에서 같은 버스를 타고 다닐 수 있다. 그러니 우리의 일상도 크게 달라질 게 없을 거다.

그런 문제가 아니잖아.

그럼 뭐가 문제냐고, 묻고 싶었지만 묻지 않았다. 경이는 땅이 꺼져라 한숨을 쉬었다. 나도 아쉬웠다. 아니 내가 더 했을지도 모르겠다. 하지만 경이가 자꾸 그러니까 반대로 행동하고 싶었다. 경이의 한숨 속에 우리에 대한 나쁜 예감이 담겨 있는 것 같았다. 그래서 더 힘주어 아무렇지 않은 척했다.

언제까지고 같이 지낼 수는 없잖아.

무려 그런 말까지 했다.

그래도 아쉬운 건 아쉬운 거야.

경이가 말했다. 나는 더 이상 어떤 말도 하지 않았다. 괜찮다고, 다 괜찮을 거라고, 속으로 되뇌었다.

그러나.

경이 없이 낯선 학교에 들어가려니 역시 걱정스러웠다. 경이는 지금 어떻게 생긴 교문을 지나 어떤 애들과 함께 있을까. 그곳도 여기처럼 추운지. 교장 선생님이 올 때까지 바지선에 주먹을 대고 꼼짝 못하게 하는지. 그런 비슷한 걸 한다면 잘 해내고 있는지. 난 조금 힘든데. 우리는 비슷하니까, 너도 힘들지 않을까?

옆에 있다면 궁금해하지 않아도 될 일들을 궁금해하면서 나는 쓸쓸해졌다. 나의 일상들을 경이가 모른다는 게, 나도 경이의 순간들을 모른다는 게 실감났다. 그리하여 경이를 온전히 이해하지 못하게 될까 봐, 지금의 이해조차 오해가 될까 봐, 그리고 그 모든 이해와 오해가 경이에겐 중요하지 않은 일이 될까 봐, 아무리 애를 써봐도 닿을 수 없는 경이가 될까 봐. 무서웠다.

경이와 같은 학교를 다니게 된 아라에게 질투 비슷한 감정이 일었다. 아라는 경이와 내가 다른 학교에 배정되었다는 걸 알고 우리에게 편지를 써주었다. 힘내라, 괜찮아, 이런 말 한 번 쓰지 않고 우리를 응원했다. 아름다운 편지였다.

입김이 나오는 강당에서 부동자세를 한 채로 아라와 경이를 생각했다. 어쩌면 그때, 아라의 손에서 경이의 손으로 편지가 건네지던 그때, 이미 둘은 시작되었던 게 아닐까. 아직은 둘의 사이가 우정이었다고 생각한 건 나만의 착각이었는지도 몰랐다. 친구와 우정. 편하고 흔한 단어에 우리 셋이 함께 속해 있다는 착각. 하지만 그런 적은 한 번도 없었던 것이다. 아라가 나타난 뒤, 경이에게 아라와 내가 같을 수 있었을까. 아라에게 경이와 내가 똑같은 친구로 여겨질 수 있었을까. 마음을 말하고 마음을 알게 되고 결국 마음을 주고받은 두 사람의 사이는, 아무리 가까이서 지켜봤다 해도 내가 모르는 것 투성이였다. 인정하지 않을 수 없었다.

그리하여 중학교 졸업식 날 찍은 사진 속의 내 표정은 어둡다. 경이와 어깨동무도 하고 팔짱도 꼈지만 어딘가 마지못해하는 티가 역력하다.

기억난다.

나는 복잡한 상태였다.

경이는 모르는 나의 복잡함. 말할 수 없는 예감. 나는 나에게 밀려드는 정체 모를 것들에 대해 생각했다. 경이 때문만은 아니었지만 경이와 무관하다고도 할 수 없었다.

졸업이 뭐라고.

경이는 들떠 있었다. 별로 친하지 않았던 아이들과도 일일이 사진을 찍고 우리를 자주 때리던 담임에게도 예의를 갖춰 인사했다.

뭐가 그렇게 좋나.

나는 시큰둥하게 물었다.

너는 뭐가 그렇게 안 좋은데.

경이가 되물었다.

그냥 다 끝났다는 거 아냐. 딱히 좋을 게 있나.

내가 말했다. 경이는 곰곰이 생각을 하더니 말했다.

그래서 좋은 거 아냐? 무사히 끝이 났다는 게.

무사히?

무사하지. 이만하면.

대답할 수 없었다. 대답하고 싶지 않았다. 동의도 하고 싶지 않았다. 뭐가 무사하다는 거니. 앞으로 무슨 일들이 있을 줄 알고. 경이가 기념이라며 운동장을 한 바퀴 달리는 동안 나는 돌부리 하나를 발로 빼냈다. 땅에 묻혀 젖어 있던 흙이 신발코를 더럽혔다. 이리저리 문질러 닦아보려 해도 신발은 더러워지기만 했다.

졸업식 며칠 뒤에 경이의 부모님이 시 외곽의 택지 조성 지구에 함바집을 차렸다. 경이와 함께 자는 날들이 그렇게 끝났다. 경이의 가족에게는 잘 된 일이었지만 나는 기뻐할 수 없었다.

그래도 자주 올 거야.

경이는 그렇게 말했지만 나는 기대하지 않기로 했다. 경이가 거짓말을 하는 거라 생각하진 않았다. 경이는 우리의 우정을 위해 애를 쓸 게 분명했다. 문제는 경이가 어떻게 하더라도 내 기대가 충족되지 않을 거라는 점이었다. 그건 우리 둘 모두에게 못할 짓이었다.

내 방에 두었던 자잘한 짐을 챙겨서 경이가 나갔다. 양말 네 켤레, 속옷 다섯 장, 나이키 모자, 펼쳐본 적 없는 영단어 책, 길에서 산 가요테이프…… 자질구레한 것들이었는데 없으니까 방이 너무 허전하게 느껴졌다. 이상하리만치 넓어 보이는 방, 그리고 텅 빈 책상. 책상 위에 초콜릿이 있었다. 아라가 내 몫으로 챙겨준 것이었다. 그게 거기 있다는 걸 잊고 있었다. 경이의 물건들이 사라진 자리에 유독 도드라진 초콜릿을 보니 몸에 열이 확 올랐다. 버리려고 쓰레기통 뚜껑을 열었다. 그리고 나는 얼어붙었다. 쓰레기통 속의 머리카락 뭉치 때문에.

귤색 머리카락.

경이가 쓸어서 버리고 간 것이었다.

경이는 바빠졌다. 주중에는 부모님을 도와 식당 일을 했고 주말에는 아라를 만났다. 고등학교 입학할 때까지는 그렇게 지내야 할 것 같다고 했다. 거리 문제로 학원도 관

됐다.

미안한다는 말과 함께.

미안하다고. 마음이 아팠다. 그즈음의 경이는 나에게 자주 사과했다. 내가 경이에게 원한 건 사과가 아니었지만, 받을 수 있는 건 그것뿐이었다.

눈이 부시게 맑고 손톱까지 시리게 추웠던 날, 학원을 빠졌다. 버스를 두 번 갈아타고 함바집에 갔다. 그곳은 내가 흔히 알던 식당과 달랐다. 허허벌판에 컨테이너 박스 두 개가 있고 방수용 천막으로 만든 지붕 아래에 파라솔 식탁이 여러 개 놓여 있었다. 나는 어디에 앉아야 할지 몰라서 고개만 두리번거렸다. 그게 경이의 마음을 아프게 할 수 있다는 건 미처 생각지 못했다.

보기에 좀 그렇지? 나도 익숙해지는 데 좀 걸렸어. 그래도 부모님은 좋아하신다. 진짜 자영업이니까.

앞치마를 두른 경이가 멋쩍게 웃었다.

웬 앞치마야?

위생이 생명이란다.

그건 또 무슨 사장님 같은 소리니. 바보 같다 생각하면서도 경이가 어딘지 어른스럽게 느껴졌다. 그새 또 너만 커버린 걸까. 경이가 능숙하게 움직여 한 상을 차려줬다. 직접 만들었다는 계란말이까지 식탁에 올랐다. 노랗고 따뜻하고 폭신한 계란말이. 맛있었고 마음이 저렸다.

이건 어떻게 만드는 거야?

경이에게 물었다.

불을 무서워하지 않는 것부터 시작이야.

그렇게 말하고 경이는 내게 계란말이 만드는 법을 알려줬다. 계란 아홉 개를 쓰고도 내 실력은 전혀 늘지 않았다. 경이는 내가 망쳐놓을 것들을 살려 먹을 수 있게 만들었다.

경이는 아라가 다니는 성당에 같이 다니기 시작했고 곧 세례도 받을 거라 했다. 아라의 세례명은 프란체스카였다.

너무 잘 어울리지 않니?

묻는 경이에게.

너는 어떤 걸로 하려고?

물었다.

나? 난 토마스.

왜?

뜻이 쌍둥이래. 축일이 7월 3일이고.

7월 3일은 내 생일이었다. 경이는 나 잘했지, 하는 얼굴로 웃었다. 턱과 목이 뜨거워졌다.

쌍둥이면 뭐, 형제라고?

형제지. 우린 뭐 형제보다 낫지.

경이는 웃었다. 웃는 경이. 앞치마가 잘 어울리는 경이. 계란을 예쁘게 마는 경이.

형제보다 나으면, 그건 뭔데.

내가 물었다.

응? 글쎄…… 아! 부부?

경이는 말하고 다시 웃었다. 나는 경이를 안았다. 한번 그래봤다.

야, 갑자기 왜 이래.

그냥, 잠깐만.

경이가 허공에 떠 있던 손을 내렸다. 천천히 내 등을 쓸었다. 울 것 같았다. 경이를 생각하면 왜인지 자꾸 울고 싶었다. 똑바로 보고 싶은데 그러기가 힘들었다.

손 가만히.

경이의 손이 멈췄다. 그러다가 다시, 내 등을 토닥토닥. 가만히 있으라고 말하지 않았다. 그냥, 경이의 몸에서 나는 냄새를 맡았다. 기름과 고춧가루와 식초와 된장, 그런 게 마구 섞인 냄새였다. 하지만 나는 계속 맡았다. 그게 경이의 지금이니까. 그걸 알아두는 게 나의 최선이니까. 깊이,

깊이 들이마셨다.

 아버지가 오랜만에 일찍 퇴근하셨던 날, 저녁을 먹는 도중에 어머니가 말했다.
 동생이 생길 거다.
 돼지고기 장조림을 씹으면서 무심하게 말했다. 밥 다 됐다, 밥 먹어라, 하는 것처럼. 나는 고개만 한 번 끄덕였다.
 아, 낳기로 했구나. 그런 생각을 했다. 엄마, 애쓰네,라는 생각도 함께.
 어머니는 아무렇지 않은 척하고 있었다. 노력하는 중이었다. 나는 모르는 척해줬다. 동생이 생겼다는 건 이미 알고 있었다. 부모님이 다투는 소리를 들었기 때문이다. 딱히 엿들으려고 한 건 아니었다. 부모님은 당신들이 조용히 싸운다고 생각하는 것 같았다. 아니면 내가 열한 시도 안 돼서 자는 줄 알았거나.
 낳아서 어쩌려고.
 그럼 안 낳고 어쩌려고.
 두 사람은 며칠 밤을 다퉜다. 동생을 반기고 있지 않은 건 확실해 보였다. 나부터가 꽤 늦게 태어난 자식이었다. 오십 대를 넘긴 부부가 별안간 생긴 늦둥이에 당황한 건 당연한 일이었다. 아기가 태어나면, 그들의 계획은(그게 아주 단순하고 명료한 것이었을지라도) 틀어질 수밖에 없었으리라.

그때의 나는 그런 마음까진 헤아릴 수 없었고, 부모님이 미웠다. 그래서 어쩌려고. 동생이 불쌍했다. 그런데,

네가 잘해줘야 한다.

아버지의 말을 듣자 정신이 번쩍 났다. 나는 나한테 잘해주는 것만으로도 벅찼다. 대답하는 대신 조금 부푼 어머니의 배를 봤다.

동생은 오지 않을 미래 같았다. 6개월 뒤에 태어나 유리라는 이름을 갖게 되는 너. 나는 너를 볼 수 없는데 너는 나를 보고 있을 것만 같은 불공평함. 그 시점부터 나는 유리에게 졌다. 그래서였을까. 유리는 나의 비밀을 가장 깊이 아는 사람이 됐고 가족 중에 유일한 내 편이 됐다. 하지만 그건 또 많은 세월이 흐른 뒤의 일. 나는 불안과 외로움을 홀로 껴안아야 하는 열일곱이었다.

부모님의 출산 선언을 듣고 난 후로 가슴이 자주 뛰었다. 이제 중학교를 졸업했을 뿐인데 세상이 너무 많이 바뀌고 있었다.

달리기를 시작했다. 경이가 그랬던 것처럼.

그리고 알게 되었다. 경이가 달렸던 건, 달릴 수밖에 없어서였다는 걸.

가만히 있으면 뭔가가 나를 눌러버릴 것 같았다. 그 뭔가를 피해서가 아니라 그것을 향해서 달렸다. 나에게 꼭 필요한 일이었다. 달리는 동안에는 생각을 멈출 수 있었다. 호흡이 가빠지면 호흡하는 것만이 중요했다. 한 발 한 발 내딛는 데 신경을 집중했다.

하지만 나의 어리고 부드러운 몸은 금세 달리기에 적응했다. 호흡과 스텝에 신경을 쓰면서 다른 생각도 할 수 있게 되었다.

불안, 외로움, 그리고 나.

생각이 머릿속을 뛰어다녔다. 경이도 그랬을까. 나는 점점 더 오래 달릴 수 있게 되었고 한번 달리면 쉽게 멈출 수 없었다. 다리가 뭉치고 폐가 터질 것 같아도 계속 달렸다. 땀 때문에 눈이 따가워 못 견딜 때에야 멈췄다.

한 시간을 쉬지 않고 달린 날이 있었다. 그만, 이제 그만, 생각은 해도 떠밀리듯 끌려가듯 발이 자꾸 움직였다.

데드 포인트!

갑자기, 경이가 나타났다.

그만 뛰어. 그러다 죽어.

뭐야. 언제 왔어.

경이는 한참 전에 와서 내가 달리는 걸 지켜봤다고 했다. 내가 그랬던 것처럼.

같이 뛰자.

내가 말했다.

더 뛸 수 있겠어?

응. 뛰어.

힘들지 않았다. 경이와 나란히 달리는 일은.

동생이 생겼다는 걸 경이에게 말했다. 경이는 아라와 키스를 했다고 말했다.

너에게는 말하고 싶었어.

이게 전부였다. 어땠냐고, 어땠다고, 우리는 말하지 않았다. 대신 조용히 달렸다. 눈앞에 뭔가 부푸는 것 같기도 했고 아른거리는 것 같기도 했다. 이제 무리인가. 내 몸이 내 것 같지 않았다. 허공을 달리는 기분. 아직 떠나보내기에 이른 것들이 저만치 멀어지는 듯했다. 아니, 그건 아직 마주하기에 이른 것들인지도 몰랐다. 그 어렴풋한 무엇을 따라 천천히 달렸다.

착착착.

발소리만 들리고.

하늘에서 뭔가 내리기 시작했다. 비인지 눈인지 구분이 잘 안 됐다.

보면 눈 같고 만지면 비 같은 것이 우리와 함께 운동장을 달렸다.

5

고등학교에 입학하고 나서 학원을 그만뒀다. 3월 모의고사 성적표에 학원비를 낸 보람이 전혀 보이지 않았기 때문이다. 내가 먼저 어머니에게 말했고, 어머니는 기다렸다는 듯이 알겠다고 했다. 어머니가 육아에 필요한 이것저것을 찾아보며 한숨을 자주 쉬던 때였다.

아라는 성적이 꽤 잘 나와서 계속 다닐 거라 했다.

그럼, 잘 지내.

학원에서의 마지막 날, 아라에게 인사를 했다.

뭐야, 다신 안 볼 것처럼.

아라가 내 어깨를 툭 쳤다. 나는 아라의 이마에 딱, 딱 밤을 먹였다.

 나와 경이는 가끔 함께 등교했다. 버스정류장에서 만나 같이 버스를 탔다. 새 학교에서 있었던 일을 한두 개씩 이야기 하다보면 금방 경이가 내려야 했다. 경이가 가고 나면 이어폰을 꽂고 네 정거장을 더 갔다. 차창 밖으로 계절이 바뀌는 게 보였다.
 봄에 가장 먼저 피는 꽃이 개나리라는 걸 그때 처음 알았다. 경이의 학교에서 우리 학교까지 가는 동안 개나리는 점점 많아졌고 버스에서 내릴 때면 노란 꽃잎들이 만발해 있었다. 교문까지 이어지는 개나리를 따라 걷다보면 몸에 노란 물이 드는 것 같았고, 개나리 생각만 하게 됐다. 조금 더 걸으면 새로 알게 된 애들이 인사를 건넸다.
 모의고사를 보고 야자를 하고 어머니 뱃속에서 유리가 자라는 동안 나는 영어선생님을 좋아하게 됐다. 그가 호주 유학 시절의 이야기를 들려주었을 때 나는 첫 해외여행 장소를 호주로 정했다. 닮고 싶은 사람이었다. 내게 그런 어른은 처음이었다. 그가 소개해 준 『배철수의 음악캠프』를 들으며 야자 1차시를 보냈다. 문제집 귀퉁이에 내가 좋아하는 것들을 적어보던 날, 라디오에서 나온 음악 중 마음에 들었던 것을 소리바다에서 받아 경이에게 보냈다. 메일 계정이 달라서 수신 확인을 할 수 없었지만 그래서 좋았다. 경이가 메일을 읽든, 읽지 않든, 미지의 세계를 향해 주파수를 보내듯 나의 지금을 전송했다.

당시의 내가 좋아했던 노래는 백스트리트 보이즈의 「I want it that way」였다. 영어선생님이 수업 시간에 들려준 노래였다.

이 노래를 일주일 안에 외워서 부르는 사람에게는 수행평가 가산점을 주겠다.

그 말에 반응한 사람은 나뿐이었다. 나는 아껴뒀던 돈으로 백스트리트 보이즈의 『Millennium』 앨범을 샀다. 내 돈으로 처음 산 음반이었다. 그게 그렇게 기쁜 일일 줄은 몰랐다. 매일 저녁마다 전축에 CD를 걸고 노래를 불렀다. 어머니는 태교에 좋을 것 같다며 더 불러보라고 했지만 뱃속의 유리야 듣든지 말든지였다.

닷새 만에 가사를 다 외우는 데 성공했다. 영어 시간이 되었고 선생님은 자기가 내건 공약을 깜빡했는지 그냥 수업을 하려 했다.

손을 들어 노래를 부르겠다고 했다.

You are, my fire.

무반주로 더듬더듬, 선생님을 보면서 노래를 했다. 긴장한 탓에 윗입술이 달달 떨렸고 새된 소리가 나왔다. 앞에 앉은 애들이 키득거렸다. 나는 얼굴이 빨개지는 걸 느끼면서 망했다, 망했다, 속으로 생각하면서도 노래를 끝까지 불렀다.

어느 날 계란말이가 뚝딱 만들어졌다. 경이에게 전화를 걸었고 우리는 운동장에서 만났다. 열 바퀴를 달리면서 각자의 생활에 대해 이야기했다. 서로 공유한 적 없는 시간에 대한 이야기였다. 경이는 문학동아리에 들어가 시를 쓰기 시작했고 나는 밴드부에 들어가 드럼을 배우기 시작했다. 우리의 새 취미는 서로가 놀랄 만큼 의외의 것이었다. 우리는 각자의 취미생활 진도에 대해 자조 섞인 농담을 주고받고 킥킥 웃었다.

경이는 아라에 대한 말을 아꼈다. 마음이 변해서도 내 눈치를 봐서도 아니었다. 분명히, 아끼는 마음이었다. 경이가 아라를 정말로 사랑하게 되었다는 걸 알 수 있었다. 아라에 대해 이야기할 때 경이는 더 이상 좋아한다, 사랑한다, 말하지 않았다. 새롭고 근사한 문장으로 마음을 표현했다.

 나와 경이는 이따금 만나 함께 달렸다. 달리는 동안 교정에 벚꽃이 지나가고 가지에 파란 잎이 돋고 해가 길어졌다. 여름이 가까워오자 우리 말고도 달리는 사람들이 늘었다. 우리 둘만 달리던 운동장에 사람들이 들어오자 보이는 것이 있었다. 달리는 사람이 갖는 작은 공간이었다.

 사람들은 서로의 공간에 함부로 들어가지 않았다. 경이와 나는 우리가 편하게 느끼는 만큼 떨어져 달렸다. 바짝 붙기도 했고 열 발짝, 스무 발짝씩 떨어지기도 했다.

 달리면서 보았다.

 햇빛을 받는 경이의 공간, 달빛을 담는 경이의 공간, 그리고 나에게도 공평하게 내려오는 빛. 그걸 머리에 이고 달렸다.

 내 생일에 경이와 아라가 축하 파티를 해줬다. 둘은 나에게 지미 헨드릭스 브로마이드를 줬고 피자헛에 데리고 갔다. 피자를 다 먹고 아라가 새로 찾아낸 노래방에서 놀았다. 만 원을 내면 손님이 나가 떨어질 때까지 서비스를 넣어주는 노래방이었다. 그 옆에는 지난겨울 내 고백의 역사가 있는 노래방 건물이 있었다. 노래방은 수선 가게로 바뀌어 있었고 나는 그게 조금 아쉬웠다.

우리는 네 시간을 내리 놀았다. 아라가 계속 H.O.T. 노래를 불렀고 나와 경이는 춤을 췄다. 경이는 굉장히 못 췄고 나는 꽤 잘 췄지만 아라는 경이만 칭찬했다.

온몸이 땀범벅이 되어 밖으로 나왔다. 들어가기 전과 공기가 달랐다. 해가 졌고 시원한 바람이 불었다. 바람은 비를 품은 듯 묵직했다. 우리는 공원 벤치에 앉아 콜라를 마셨다. 경이가 가방에서 편지를 꺼냈다.

선물.

아까 줬잖아.

이것도 선물. 조금 더 진짜 선물.

편지가 선물이었고, 선물은 시였다. 아라도 모르게 쓴 것이었다.

정말 더럽게 못 쓴 시였다. 유치한데다 글씨체도 엉망이고 띄어쓰기가 틀린 데도 있었다.

그런데도 경이는,

어때?

턱받침을 하고 물었다. 나는,

좋아. 너무 좋네.

말했다. 거짓말이 아니었다.

꿈을 꿨다. 경이가 나오는 꿈이었다.

우리는 소주를 마셨다. 외계인 브로마이드가 있고 향 피우는 냄새가 나는 방에서 우리는 시를 짓고 노래를 부르다가 같이 잠들었다.

다시 꿈을 꾸었고 또 경이와 함께였다. 우리는 함께 눈사람을 만들었고 하얀 입김을 뿜으면서 눈밭에 드러누웠다. 눈에 파묻힌 채로 파란 하늘을 봤다. 눈이 시려서 눈을 감았더니 또 잠들었다.

또다시 꿈속, 우리는 달리고 있었다. 숨이 막힐 정도로 덥고 습했다. 쨍하던 하늘이 별안간 흐려지고 장대비가 쏟아졌다. 경이가 우산을 펼쳤다. 우리는 같은 우산을 쓰고 버스정류장에 도착했다. 경이는 우산을 나에게 주고 뛰어갔다.

어디 가?

내가 물었다.

난 괜찮아.

경이가 대답했다.

나도, 나도 괜찮아.

나는 혼잣말을 했다. 정류장에는 나만 남았다. 엄지손가락을 들어서 경이를 덮어보았다. 손을 내렸을 때 경이는 거기 없었다. 굵은 빗방울이 계속 쏟아졌다. 의자에 앉아 눈을 감았다.

빗소리 들리고,

잠에서 깼다.

내 방이었다. 경이가 내 옆에 누워 있었다. 손을 뻗어 경이를 만져보려다 편지를 집었다. 편지이면서, 선물이면서, 시인 것.

그걸 읽고 또 읽었다.

정말 좋은 시였다.

꽃과 비닐

1

 꽃이 유난히도 많이 피었던 그해 봄에 나는 화투를 쳤다. 나와 함께 판을 벌린 아이들은 영지와 유연과 민정이었다. 어릴 적부터 친했던 셋에 전학생인 나까지 더해 우리는 넷이었고, 넷은 광을 팔기에 딱 좋은 숫자였다.
 화투를 시작한 건 삼촌 때문이었다. 삼촌은 대대로 미남이 많은 임씨 집안 남자들 중에서도 독보적인 미모를 자랑했다. 그러므로 조카인 영지를 제외한 우리 모두는 삼촌의 팬이었다. 니들이 생각하는 만큼 멋진 인간이 못 된다며 삼촌을 깎아내리던 영지도 그의 얼굴에 관해서는 함부로 말하지 못했다. 대규 삼촌은 『비트』의 정우성과 거의 똑같은 얼굴이었다. 그는 낡은 체육복 바지에 촌스러운 체크 셔츠만 입고 다녀도 광채를 뿜어냈다.

나는 삼촌을 사랑했다.

첫사랑이었다. 중학교 3학년이 저물어갈 즈음 고백을 받아보긴 했으나 미안하게도 그 아이는 내 이상형과 거리가 멀었다. 나는 키 크고 잘생긴 남자가 좋았다. 그 시절 내게 가장 멋진 남자는 연세대 유니폼을 입은 이상민이었다. 삼촌을 보자마자 이상형이 바뀌었고 나라는 사람도 조금 바뀐 것 같았다. 삼촌과 나의 나이 차는 열 살이었지만 얼마든지 극복할 수 있다고 믿었다. 두 해만 지나면 나도 성인이 되니까. 고백은 내가 해야겠지? 그런 생각을 하며 잠 못 이루는 밤이 많았다. 푸르스름한 새벽까지 생각이 꼬리를 물었다. 나는 양가 부모님 앞에 무릎을 꿇은 우리의 모습이나 임씨 집안사람들에게 시집살이를 당하는 장면을 상상했다. 상상의 마지막엔 웬일인지 삼촌은 없고, 예전에 친했으나 이제는 멀어진, 친구 희주가 앉아 있었다.

나와 친구들은 겨울방학 내내 대규 삼촌의 하우스에 갔다. 아주 죽을 치고 있었다. 삼촌은 영지에게 듣기 싫은 잔

소리를 하지 않는 유일한 집안사람이었다. 삼촌 자신도 서울에 있는 전문대학을 졸업한 뒤로 3년째 비닐하우스만 지키고 있는 형편이었다. 그러므로 임씨 집성촌이었던 우리 마을에서 영지가 숨을 만한 곳으로는 하우스가 최적의 장소였다.

우리는 날이 밝으면 서로 연락도 하지 않고 하우스로 모였다. 제일 먼저 가는 사람은 물론 나였다. 내가 하우스 문을 열면 삼촌은 나른한 눈빛으로, 나를 미치게 하던 그 깊은 눈동자로, 나를 한번 쓱 보고 하던 일을 했다. 삼촌의 일이란 만화책을 보거나 닌텐도를 만지거나 카세트를 듣는 게 전부였다. 가끔씩 비닐하우스에서 자라는 것들을 살피기도 했지만 시늉일 뿐 성의라고는 없었다. 나는 애들을 기다리는 척하면서 어슬렁거리다가 삼촌의 잡동사니들을 무심한 척 손에 쥐었다. 마음은 쉽게 요동쳤다.

다른 애들이 점심 때가 한참 지나도록 나타나지 않았던 날, 삼촌이 내게 라면을 끓여주었다. 가스버너 위에 바닥이 새까맣게 탄 양은냄비를 놓고 물이 끓어오르자 안성탕면을 넣었다.

두 개면 돼?

삼촌이 물었다. 나는 두 사람 점심으로 두 개는 좀 적은데, 생각하면서도 말없이 고개를 끄덕였다. 삼촌은 한 봉을 더 뜯었다. 저 섬세함. 저 결단력. 나는 또 소소하게 반했다. 게다가 냄비를 들여다보는 삼촌의 콧날과 턱선이 또 절경이었다. 삼촌은 불을 끈 뒤 냄비에 풋고추 두 개를 가위로 잘라 넣었다.

됐다. 먹자.

삼촌은 이 빠진 사기그릇에 내 몫의 라면을 덜어주고 자기는 냄비 뚜껑에 면발을 건져 먹었다. 그러고 있자니 우리가 꼭 살림을 차린 신혼부부 같아서 볼이 뜨거워졌다. 생각을 들킬까 봐 그릇에 코를 박았다. 그릇 깊은 곳에서 매캐한 냄새가 났다. 풋고추 냄새 같기도 하고 농약 냄새 같기도 한 그 냄새가 나는 좋았다. 이건 혹시, 사랑의 향기? 혼자 그런 생각을 하다가 사레가 들렸다. 컥컥대는 나에게 삼촌이 미지근한 물을 갖다 줬다. 그러고는 두어 발치 떨어져서 담배를 피웠다. 연기를 뱉는 삼촌의 얼굴은 사연 있어 보였다. 어떤 이야기일까. 궁금했다. 삼촌의 인생을 깊이, 아주 깊이 알고 싶다는 충동이 일었다. 그러나 아무것도 물을 수 없었다. 어른의 사연을 물을 수 있는 언어를, 들을 수 있는 얼굴을, 빨리 갖고 싶었다. 조금만 기다려줘요. 말하고 싶기도 했다. 당연히 말하지 못했다.
 삼촌은 나를 기다려주지 않았다. 훌쩍 떠나버렸다.

 삼촌과의 마지막 하루는 여느 날과 다르지 않았다. 이별의 조짐 따위 느낄 수 없었다. 해가 중천에 뜨고 나서야 하우스에 모두 모인 우리는 주머니에서 사천 원씩 꺼내 짜장면을 시켜 먹었고 민정이 새로 산 잡지들 속에서 좋아하는 연예인이 나온 페이지를 찢어서 가졌다. 혼자서는 못할 농담을 삼촌에게 던지다가 낮잠을 잤고 깨어보니 해 질 녘이었다. 하우스에 삼촌의 친구들이 놀러와 있었다. 우리는 그들이 나눠준 족발과 소주를 먹었다. 그사이 해는 완전히 넘어갔고 영지가 잔뜩 취해버렸다.
 에이, 씨발! 잘하지도 못하는 공부를 왜 자꾸 하라고 지랄들이야!
 목까지 벌게진 영지가 욕을 하며 유연의 허벅지를 베고 누웠다. 그나마 공부는 영지가 제일 잘했으므로 우리는 지랄하네, 자랑하네, 눈 감은 영지에게 말했다. 영지는 양손의 가운데 손가락을 치켜들었다. 그 모습을 보고 있던 삼촌의 친구 한 명이 영지더러 귀엽다고 했고 삼촌이 그 친구의 뒤통수를 툭 쳤다.

꿈도 꾸지 마. 내 조카야.

그러고는 웃었고 친구들도 같이 낄낄거렸다. 나는 별 이상한 농담을 한다 싶으면서도 삼촌의 목소리가 멋있어서 또 설렜다. 영지의 아버지가 나타난 건 그때였다. 일종의 시찰이었다. 열일곱 살 터울의 큰 형님이 늦둥이 막내에게 잔소리를 하러 온 것이었다. 그 겨울에 우리가 몇 번 봤던 장면이었다. 그런 날이면 우리는 들키지 않기 위해 몸을 숨기곤 했다. 하지만 그날은 그러지 못했다. 영지 아버지가 저녁에 나타난 게 처음이었고 와자지껄한 분위기여서 다른 인기척을 느끼지 못한 탓이었다. 영지 아버지는 삼촌 친구들의 인사는 무시하고 곧장 영지부터 확인했다. 영지야, 제발 정신을 챙겨라. 마음속으로 간절히 빌었지만 영지는 반쯤 풀린 눈을 하고 아버지를 쳐다봤다.

어? 우리 다 좆됐네?

영지는 그렇게 말한 뒤에 몰라몰라, 하며 돌아누워 버렸다. 영지 아버지는 이글거리는 눈빛으로 삼촌 쪽의 술상을 냅다 걸어찼다. 삼촌 친구들은 약속이라도 한 듯 열중쉬어 자세로 섰다. 삼촌은 양반다리를 하고 앉아 고개를 떨구고만 있었다.

애 데리고 가라.

영지 아버지의 말에 우리는 도망치듯 하우스를 나왔다. 영지를 업고 가느라 좀체 속도가 붙지 않았다. 사람이 사람을 때리는 소리가 우리 뒤를 따라왔다. 후들후들 떨리는 다리를 두드려가며 어두운 논길을 계속 달렸다.

다음 날 하우스에 갔을 때 삼촌은 없었다. 나는 삼촌이 영영 돌아오지 않을 것임을 알았다. 눈물이 주르륵 쏟아졌다. 하우스에서 우니까 숨이 찼다. 나는 명치를 주먹으로 꾹꾹 누르면서 참고 참다가 결국 소처럼 울어버렸다. 울면서 기도했다. 삼촌이 못다 이룬 꿈이라고 말했던 것들을 꼭 이루기를. 말할 때마다 바뀌던 그 꿈들을 하나도 빼놓지 않고 다 이루기를. 기도를 끝내자 들썽거리던 몸과 마음이 조금 차분해졌다. 나는 어질러진 삼촌의 평상 위에서 하얗고 작은 상자를 발견했다. 포장을 뜯지 않은 새 화투였다.

화투를 치는 삼촌을 상상했다. 담배를 물고 패를 섞는 삼촌, 찡그린 얼굴로 패를 돌리는 삼촌, 재수 없이 자꾸 똥을 싸는 삼촌, 피박에 광박을 쓰는 삼촌, 개평을 달라고 조르는 삼촌, 욕을 하는 삼촌, 하지만 신나게 웃는 삼촌…… 나는 삼촌에게 하고 싶었으나 하지 못한 말을 생각하며 주머니 깊숙이 화투를 넣었다.

영지의 아버지는 하우스 내부를 싹 밀어버렸다. 하우스는 크고 번쩍이는 자물쇠로 잠겼다. 영지는 열쇠를 몰래 복사했다. Y자 말뚝까지 모조리 뽑혀나간 하우스에 삼촌의 물건과 옷가지들은 그대로 있었다. 그 모습이 퍽 황량해서 나는 슬펐다. 만에 하나 삼촌이 돌아오면 또 여기서 지내게 되는 걸까? 그건 삼촌에게 다행일까, 불행일까. 식물이 자라지 않아도 하우스는 하우스여서 따뜻했다. 그것도 나를 슬프게 했다.

 어쨌든 하우스는 우리의 차지가 되었다. 신학기 개학을 앞둔 밤에 우리는 하우스에서 술을 마셨다. 애들은 부지런히 신문지를 깔고 과자봉지를 뜯고 종이컵을 돌렸다. 우리가 고2다 벌써. 나이 너무 많다. 같은 말들이 오고 가는 동안 나는 술만 마셨다. 금세 취해서는 실은 내가 삼촌을 사랑했노라고 말해버렸다. 애들은 뭐 새삼스러운 이야기를 하느냐는 표정으로 나를 봤다. 그래도 내 어깨를 만져주고 빈 잔을 채워주며 나를 위로했다. 그 바람에 나는 또 울었다. 한바탕 울고 나니 마음이 후련했다. 마음에 빈자리가 조금 생긴 것 같았다. 그 자리에 형체와 정체를 알 수 없는 뭔가가, 내가 모르는 어떤 것들이 채워지는 느낌이 들었다. 애들은 취해서 그런 거라 했다.

삼촌을 오래 기억하려고 시작한 화투였지만 나는 그것의 재미에 점점 깊게 빠졌다. 내가 할 수 있는 것 중에 화투가 가장 재밌었다. 마을에서의 하루하루는 지독히도 지루했다. 놀 것도 볼 것도 없는 읍면 지역 거주 청소년의 삶. 게다가 우리는 여자애들이었다. 우리에겐 경운기나 스쿠터를 몰아볼 기회조차 없었다. 그렇다고 남자애들의 어쭙잖은 운전 실력과 생색을 보는 건 더 싫었다. 도시에서나 시골에서나 남자애들은 비슷했다. 내가 하면 더 잘할 수 있을 일들을, 당연히 자기들만 할 수 있다고 생각하는 것. 논길을 달리는 남자애들을 볼 때면 농구 코트 옆에서 구경만 해야 했던 어떤 겨울날들이 떠올랐다.

기껏해야 술이나 홀짝이는 게 우리에게 허락된 유희였으나 그마저도 좋아서 한 일은 아니었다. 하지 말라는 걸 한다. 약간의 스릴. 그게 전부였다. 그러니 화투가 얼마나 재밌었을까. 우리는 야자 시간에 도망도 치고 독서실에 간다는 거짓말도 해가며 하우스에 들락거렸다. 그사이 우리의 실력은 제법 쓸만해졌다. 손에 쥔 패와 바닥에 깔린 패를 번갈아 보면서 서로의 손에 남은 패가 무엇일지 가늠하는 수준까지 도달했다. 그럼에도 큰돈은 오고 가지 않았다. 우리의 화투는 점당 십 원짜리였기 때문이다. 어느 주말

하루를 꼬박 놀고도 제일 많이 딴 사람이 가져간 돈은 삼천 칠백 원이었다. 그마저도 집에 가는 길에 오백 원씩 개평으로 돌려줬다. 중요한 건 돈이 아니었다. 마흔여덟 장의 아름다운 그림들이―미학적인 이유로 조커는 쓰지 않았다―매번 다른 이야기를 빚어낸다는 사실, 그 경이로움이 우리에게 중요했다.

하지만 실력에 비해 소박한 판돈은 갈수록 재미를 떨어뜨렸다. 긴장감이 완전히 사라지는 순간이 오고야 말았다. 그리하여 우리는 돈이 아닌 뭔가를 더 걸어보기로 했다.

쓰리 고 하는 사람 소원 들어주기.

영지가 말했고 모두 동의했다. 우리 중에 쓰리 고에 성공한 사람은 없었다. 그럴 판이 자주 만들어지지도 않았거니와 그걸 외칠 용기도 부족했다. 돈을 잃고 말고를 떠나서 이기고 지는 게 중요해지는 때가 있었다. 그런 나이였던 것일까. 점당 십 원이어도 지고 싶지는 않았던 것이다. 딱 한 번, 영지가 쓰리 고에 도전한 적이 있었지만 민정이 내게 광을 밀어줘서 나가리가 났다. 삐진 영지는 그날 저녁 내내 광만 팔다가 집에 갔다.

제일 먼저 쓰리 고에 성공하는 사람의 소원을 들어준다.

그렇게 적은 쪽지를 화투 케이스에 붙인 사람도 영지

였다.

 화투를 그렇게나 쳤으니 우리는 각자 좋아하는 패도 하나씩 갖게 되었다. 영지는 구쌍피(화려해서)를, 유연은 비광(쓸쓸해 보여서)을, 민정은 공산 고도리(큰 점수를 낼 수 있어서)를 좋아했다. 나는 사쿠라가 그려진 삼광을 좋아했다. 삼광을 보고 있자면 머릿속에 저절로 축제가 떠올랐다. 그걸 손에 쥐고 있으면 용기가 생겼고 바라는 건 뭐든 이룰 수 있을 것 같았다. 그리고 벚꽃 철이 왔을 때 우리는 그 짧은 시기를 '사쿠라 우대 기간'으로 정하고 사쿠라 껍데기를 쌍피로 쳐줬다. 그리고 그때 내 손에는 사쿠라가 자주 들어왔다. 하지만 좋은 일은 그뿐이었다. 화투판에서 영원히 쥐고 있을 수 있는 패란 없었으므로 행복한 기분은 삼광을 바닥에 던질 때까지만 유효했다.

 사쿠라 우대 기간에.
 엄마는 머리 위로 쏟아지는 벚꽃 잎을 털어내면서 산책로를 걸었다. 평소보다 훨씬 길게 느껴진 그 길을 걸어 버스터미널에 도착한 엄마는 다시 한 시간 동안 시외버스를 타고 C시에 있는 가정 법원에 갔다. 그곳에서 아빠를 만났고 둘은 협의이혼을 했다. 아빠는 대략 1년 전에 다른 여자와 눈이 맞아 반년 전에 집을 나가 살았다. 나는 그 이야기의 전말을 엄마에게서 직접 들었다. 묻지도 않았는데 엄마는 내게 다 말했다. 그리고 동생은 모르게 해달라고 부탁했다. 그럼 나한테도 말하지 말 것이지. 아빠와 그 여자에 관한 건 하나도 알고 싶지 않았다. 동생이 알게 하고 싶지도 않았다. 하지만 정말로 이혼까지 해버렸으니 더 숨길 수도 없는 노릇이었다.

우현이한테는 뭐라고 해?

내가 물었지만 엄마는 딴소리를 했다.

밥이나 먹어.

식탁에는 김밥 도시락이 있었다. 내가 싫어하는 오이와 우현이 싫어하는 당근이 다 들어있는 걸 봤을 때 엄마가 싼 건 아니었다. 아빠가 준 것이었다. 법원에서 나온 뒤 아빠는 엄마에게 잠시 기다리라 하고는 차에 달려가 도시락을 가져왔다. 집에 가서 애들이랑 먹으라고. 저녁 차릴 정신이 있겠냐고. 나는 도무지 이해가 되지 않았다. 딴 살림을 차리고서 우리를 찾지도 않은 사람이, 전화 한 통 없이 살던 사람이, 이제 와서 왜? 김밥을 왜?

먹어보면 뭐라도 알 수 있을까 싶어서 가장 큰 꽁지 하나를 입에 넣었다. 김이 너무 질겨서 삼켜지지 않았다. 억지로 꿀꺽 삼켰더니 눈물이 찔끔 났다. 뚜껑을 덮으려는데 안쪽에 벚꽃 잎이 붙어 있는 게 보였다. 그 순간 나는 엄마의 어떤 순간을 떠올렸다. 이혼을 하고 꽃길을 걸어서 집에 돌아오던 길에 도시락을 열어보는 엄마. 그때의 엄마가 가졌을 마음. 그런 게 궁금했다. 왜 버리지 않았지? 왜 짓밟아 으깨지 않았지? 벚꽃 잎이 팔랑팔랑 내려와 도시락 속으로 들어가는, 결코 짧지 않았을 시간 동안 엄마는 무슨 생각을 했을까. 나는 오랫동안 김밥과 꽃잎을 봤다. 오늘 밤에는 엄마랑 자야겠다, 생각했다.

안방 침대에 누운 나를 보고도 엄마는 별다른 말을 하지 않았다.

옆으로 좀 가라.

그렇게 말한 게 다였다. 내가 벽 쪽으로 조금 붙자 엄마는 전등을 끄고 모로 누운 다음 TV를 켰다. 엄마는 자기 전에 꼭 KBS 1TV나 EBS에서 방영하는 다큐멘터리를 봤다. 나는 TV 화면 대신 천장을 보고 누웠다. TV에서 나오는 빛이 천장에 일렁였다. 어릴 적 무서운 꿈을 꾸거나 우현이 짜증나게 해서 엄마 곁에 누우면 보게 되었던 천장이었다. 하지만 그건 5년도 지난 옛일이었고 내게 그 천장은 이제 낯선 것이었다. 엄마는 어떨까. 엄마야말로 이 집 안의 모든 것이 낯설지 않을까. 그 낯섦은 아픈 것이겠지. 엄마는 지금 외롭겠구나. 나는 나도 모르게 엄마의 손을 잡았다. 그리고 나는 스스로에게 놀랐다. 나 지금 엄마 손 잡은 거야? 엄마는 의외로 담담히 가만히 있었다. 내게 쥐인 손을 그대로 둔 채 말했다.

남자한테 마음 주지 마라.

나는 엄마의 손을 놓았다. 두 손 사이에 고여 있던 온기가 순식간에 빠져나갔다. 나는 엄마에게 등을 돌리고 눈을 감았다. 어깨의 평형이 맞지 않는 느낌에 몸을 자꾸 뒤척이게 됐다. 엄마는 어느샌가 낮게 숨을 쉬며 자고 있었다. 몸을 일으켜 TV를 껐다. 엄마는 코까지 골았다. 잘 자는 엄마가 얄미웠다. 이런 날에 왜 잘 자고 난리야?

……미안하다.

엄마가 말했다. 나는 숨을 죽이고 귀를 기울였다. 누구한테 미안하다는 거지? 나는 엄마의 입에서 내 이름이 나오길 내심 바랐다. 엄마는 다시 코를 골았다. 같이 자려고 하는 게 아니었다고 스스로를 탓했다. 나는 거실로 나와서 소파에 앉았다. 처마에 매달린 무청 시래기와 감말랭이가 달빛을 받고 있었다. 저거 다 아빠가 좋아하는 건데. 이혼을 하는 와중에도 저런 걸 매달고 있었던 엄마의 청승이 싫었다. 나는 빠른 시일 내에 사랑할 남자를 찾고 말리라 다짐했다. 그럴 수 있는 때가 다가오고 있었다.

우리 학교 테니스장의 별명은 '장미정원'이었다. 벚나무 가지에 푸른 잎이 돋으면 학교 테니스장을 둘러싼 장미 덩굴에 붉고 실한 꽃송이들이 달렸다. 그즈음이 되면 2학년들은 테니스 수업을 들었다. 첫 시간부터 마음이 설렜다. 장미들 너머에는 쌀쌀 맞은 담벼락이 있었고 그 아래에는 재미없는 비닐하우스가 줄 지어 있었지만 꽃을 보며 라켓을 휘두르다 보면 차갑고 삭막한 것들을 다 잊게 됐다.

그래서였을까. 매년 테니스 연습을 하는 때가 되면 2학년들은 볼팅을 했다. 볼팅. 말 그대로 공으로 하는 미팅. 방법은 이랬다. 참가를 원하는 사람은 학번과 전화번호를 적은 테니스공을 준비한다. 조금 과감한 애들은 키나 성격, 취미나 이상형 따위를 적기도 했지만 이름은 적지 않는 것이 불문율이었다. 그렇게 준비한 공을 라켓으로 쳐서 담장 너머로 날리면 끝이었다. 그다음 우리 학교와 이름이 같은 남자고등학교 학생들의 차례였다. 밤이 되면 남학생들이 비닐하우스 사이를 오소리처럼 돌아다니며 공을 주워갔다. 공에 적힌 숫자 몇 개만 보고 어떤 예감을 해야 하는 도박 같은 일. 그것을 기꺼이 하려는 애들이 많아서 경쟁이 붙기도 한다는 믿기 힘든 이야기. 그리하여 테니스 수업 때마다 2학년이 쓰는 4층은 자주 술렁였다. 수업 시간에 서랍 속으로 휴대전화를 숨겨 문자메시지를 보내는 애들이 부쩍 늘었다.

휴대전화가 없던 시절에는 학번만 적은 공을 날렸다고 한다. 그러면 남학생들의 대표가 우리 학교에 잠입―그런 게 어떻게 가능했는지는 모르지만―해서 신발장에 쪽지를 놓고 갔다. 그렇게 쪽지를 받은 언니들은 거기에 적힌 시간과 장소를 보고 무작정 남자를 만나러 갔다. 전설 같은 이야기였다. 그에 비하면 우리의 볼팅은 너무 손쉽게 느껴졌다. 낭만이 부족하지 않나? 그건 어디까지나 내가 해보기 전까지의 생각이었다.

나와 친구들은 모두 볼팅에 참가했다. 우리는 공에 똑같이 생긴 장미꽃을 그려 넣었다. 나의 아이디어였다. 친구들에게는 우정의 증표 정도로 설명했지만 실은 4대4 미팅을 할 수도 있지 않을까 하는 기대가 담겨 있었다. 모르는 남자애랑 단둘이 만나는 건 생각만 해도 어색했다. 그냥 빠질까, 하는 척만 할까, 생각해 봤지만 그럴 수는 없었다. 내가 원하든 원하지 않든 볼팅은 먼 훗날까지 이야기할 중요한 사건이 될 것이었다. 커다란 파도가 밀려오고 친구들은 바다를 향해 달려가는데 구경만 할 수는 없었다. 파도의 온도와 맛과 냄새를 추억할 때 내게도 할 말이 필요할 테니까.

친구를 또 잃고 싶지는 않았다. 지금이든 나중이든.

하지만 사실 그건 다 핑계였다. 나도 찾고 싶었다. 대규 삼촌에게 다 주지 못했던 마음을 맘껏 던질 사람이 필요했다.

나는 공을 힘껏 쳐서 학교 밖으로 날려 보냈다. 망설이면 못할 것 같아서 있는 힘을 다해 팔을 휘둘렀다. 공이 정점까지 올라갔다가 떨어질 때 반짝, 붉은 빛을 본 것도 같았다. 가슴이 마구 뛰었다. 어떡하지? 진짜 전화가 오면 어떻게 하지?

전화는 오지 않았다. 기다렸냐고 하면…… 기다렸다. 나만 빼고 다 전화를 받았기 때문이다. 시작은 영지였다. 영지는 비장한 분위기를 풍기며 하우스에 나타났다. 그날 영지는 흡사 〈도신賭神〉의 주윤발 같았다. 말 한마디 하지 않고 광으로 3점을 모으고 나지막하게 원 고를 부르더니 열피를 맞춰서 투 고를, 쉴 틈 없이 육 고도리에 성공하며 쓰리 고를 해냈다. 손쓸 틈이 없었다. 그러고도 기쁜 기색 따위 없이 담담하게 말했다.

나 이제 화투 못 칠 것 같아.

처음 당한 쓰리 고에 어안이 벙벙해진 우리는 영지가 소원을 말했다는 사실조차 알아차리지 못했다.

뭐야, 너 혹시……?

그나마 눈치가 빠른 편이었던 민정이 묻자 영지가 고개를 끄덕였다. 영지의 얼굴이 순식간에 붉어졌다. 누가 먼저랄 것도 없이 비명을 지르며 영지를 붙잡고 흔들고 난리를 피웠다.

영지에게 전화를 한 애는 배드민턴 선수였다. 실력이 좋아서 중국이나 인도네시아에서 열리는 국제대회에도 출전하는 아이였다.

나중에 안정환처럼 막 유명해지고 그러는 거 아니야?

유연이 호들갑을 떨었다. 영지는 수줍어했고 우리는 또다시 비명을 질렀다. 우리는 영지의 남자친구가 기다리고 있다는 축협 창고 앞 정자에 함께 갔다. 키가 훤칠하고 머리가 조막만한 남자애가 운동부 트레이닝복 차림으로 서 있었다. 솔직히 말해서 좀 부러웠다. 예상보다 훨씬 멋있잖아. 우리는 그 애와 팔짱을 끼고 걸어가는 영지의 뒷모습을 오랫동안 지켜보았다.

남자친구에게 빠진 영지에게 우리는 각자의 방식으로 서운해했다. 영지가 없으니 광을 팔 수가 없어서 나쁜 패가 들어올 때마다 매정한 놈, 매몰찬 새끼, 하며 영지를 욕했다. 하지만 다음 차례로 전화를 받은 민정도 영지와 별반 다르지 않았다. 민정은 밴드부에서 전자기타를 친다는 애의 전화를 받았다. 민정은 조금 민망해하며 소식을 전했다.

잘 먹고 잘 살아라.

말은 그렇게 했지만 유연은 초조해 보였다.

우리는 전화가 와도 그냥 무시할까?

마음에도 없는 소리를 했다. 전화가 안 오면 어쩌나, 유연은 진심으로 걱정하고 있었다. 어차피 저쪽에서는 누군지도 모르고 거는 전화인데도 그걸 받지 못하면 자존심이 다치는 분위기였다. 흥성스럽게 시작되었던 볼팅은 시간이 흐르면서 전화를 받은 애들과 받지 못한 애들 사이를 갈랐다. 전화를 받은 애들 사이에서도 남자친구를 사귄 애와 그러지 못한 애가 나뉘었다. 그쯤 되니 나도 초조해졌다. 쫓기는 듯한 유연을 보고 있자니 유연에게 빨리 전화가 왔으면 해서 초초했고, 한편으론 갑자기 유연마저 떠나버릴까 봐 초조했다. 그리고 한 달 만에 유연에게도 전화가 왔다. 이름도 얼굴도 모르는 사람에게 전화를 거는데 한 달을 망설이는 마음은 대체 뭘까. 할 거면 빨리 하고 안 할 거면 영원히 하지 말 것이지.

내게는 계속 전화가 오지 않았다. 학교를 파한 뒤의 나는 줄곧 집에만 있었다. 애들은 서로 말이라도 맞춘 것처럼 하루 걸러 이틀 걸러 내게 전화를 했다. 착한 마음들이었지만 고맙지는 않았다. 통화가 끝나면 초라해지는 기분이 들었고 우현에게 시비를 걸어 싸우다가 엄마에게 혼이 났다.

친구들과 다시 모인 건 모두가 연애를 시작한 날로부터 3주 뒤였다. 애들은 내가 쓰리 고라도 한 것처럼 굴었다.

지현이 하고 싶은 거 하자. 지현이 먹고 싶은 거 먹자.

나는 애들이 그러는 게 싫었지만 말은 하지 않았다. 내가 하고 싶은 걸 하고 먹고 싶은 걸 먹는 동안 애들은 남자친구 이야기를 신이 나서 하다가 어느 순간 내 눈치를 보며 말을 삼켰다. 노래방에 갔을 때 나는 우현에게 전화

좀 해달라고 문자를 보냈다. 우현의 전화를 받자마자 집에 일이 생겼다는 핑계를 댔다. 친구들이 내게 백지영 노래 하나만 더 불러달라고, 춤추고 싶다고 애원했지만 얼른 자리를 떴다. 지하에서 지상으로 올라가 보니 세상이 엄청나게 뜨거웠다. 어느덧 계절은 한여름이었다. 길 건너 아파트 담장에 달린 장미가 시들어 가고 있었다. 나는 계단을 다시 내려가 애들이 있던 방의 문을 열고 말했다.

새드 살사 불러줄게.

아이들이 모두 나를 쳐다봤다. 마이크에서 하울링이 울리고,

하우스 열쇠 나한테 넘겨.

참는다고 참았지만 끝까지 참지를 못해서 말투에 날이 서고 말았다. 그날 이후 애들과 좀 어색해졌다. 그래도 혼자 있을 곳이 생겨 다행이었다. 더 이상 식구들에게 이상하게 굴지 않아도 됐으니까. 나는 하우스에서 혼자 이상해졌다. 대규 삼촌이 남기고 간 듀스 테이프를 들으며 만화책을 봤다. 삼촌이 있을 때는 볼 수 없었던 야한 책도 봤다. 펼쳐보기 전까지는 되게 재밌을 줄 알았는데 막상 보니 시시했다. 하지 말라는 짓도 말리는 사람이 있어야 재미있다는 걸 그때 확실히 알았다.

그 여름의 첫 비로 기억되는 장대비가 내렸던 날에도 나는 하우스에 갔다. 갑작스런 비에 흠뻑 젖은 나는 화투를 치던 때에 쟁여뒀던 라면을 꺼냈다. 무릎을 세우고 버너 앞에 앉아 젖은 몸을 말렸다. 버너의 열기와 하우스의 습기에 몸이 푹 익은 과일처럼 뭉그러지는 것 같았다. 몸의 여기저기에서 올라온 냄새가 코로 들어왔다. 다 끓지도 않은 물에 스프 먼저 풀었다. 그래도 내 몸의 냄새는 코끝을 떠나지 않았다. 빗방울이 비닐을 두드렸다. 그 소리가 듀스 노래의 비트처럼 들렸다. 두두둥, 두두둥, 둥둥둥둥! 귓전에 노랫소리가 맴돌았다. 어느새 비가 그쳐서 환한 빛이 비닐을 통과해 들어왔다. 습한 공기가 데워지면서 숨길을 꽉 막았다. 나는 비닐하우스 안이 그렇게 되는 걸 좋아했다. 라면이 많이 남아 있었지만 젓가락을 놓고 누웠다. 잠이나 한숨 자고 싶었다. 생각이라는 걸 그만하고 싶었다. 하지만 잠이 오지 않았다. 집에 갈까? 그것도 싫었다. 하우스 안이 어두워질 때까지 웅크려 있었다. 시간이 얼마나 흘렀을까. 엄청나게 큰 소리를 내면서 전화기가 울렸다. 평상이 덜덜 떨렸다. 모르는 번호였다. 자세를 고치고 심호흡을 한 다음 전화를 받았다.

2학년 6반 13번…… 맞나요?

2

 내 남자친구의 이름은 민희재였다. 그 아이와 사귀기로 한 날에 나는 휴대전화 벨소리와 컬러링, 미니홈피 배경음악을 모두 성시경의 「희재」로 바꾸었다. 전화가 걸려오면 8비트 전자음으로 '그대 떠나가는 그 순간도……'의 멜로디가 울렸다. 그러면 나는 나의 희재를 떠올리며 조심스레 발신자를 확인했다. 그렇게 하면 내 손 안에 희재를 감춰두고 몰래 보는 기분이 들었다. 수화기에서 희재의 목소리가 들리면 슬프고 아련한 이야기의 주인공이 된 것 같았다. 내일이면 못 볼 사랑과 마지막 통화를 하는 기분. 마음이 찌릿했다. 정작 희재가 하는 말이란 '석식에 꽁치가 나와서 야자를 쨴다' 따위였지만 그것조차 내게는 아름답게 들렸고 나도 희재를 따라 학교에서 도망을 쳤다.
 그러니까 나는,
 희재가 좋아서 미칠 것 같았다. 내가 이럴 수도 있구나. 스스로가 낯설 지경이었다. 이래도 괜찮은 걸까? 걱정이 되기도 했다. 희재를 알기 전까지 사랑에 관해 내가 알고 있던 감각과 지식은 대규 삼촌을 보면서 만들어진 것이었다. 어딘가 습하고 느린 마음. 잔잔한 호수에 돌멩이 하나를 던져 넣고 그게 다시 떠오르길 기다리는 심정. 이루어지지 않을 소원인 줄 알면서도 그걸 비는 마음이 소중해서 자리를 떠나지 못하는 것. 그게 내가 아는 사랑이었다. 희재와의 연애는 달랐다. 희재는 나에게 자신의 마음이 낼 수 있는 최고 속도로 달려왔다. 나는 망설이지 않고 마음의 문을 활짝 열었다.

열린 건 마음만이 아니었다. 나는 희재를 위해 하우스의 문도 열었다. 희재가 좋아하는 춤을 마음껏 출 수 있게 해주고 싶어서였다. 나는 친구들에게 하우스를 데이트 장소로 쓰자고 제안했다. 아이들은 기다렸다는 듯이 찬성했다. 우리는 복사한 열쇠를 나눠 갖고 이용 시간표도 짰다. 나는 전에 없이 적극적이었다. 친구들도 그걸 알아서 나를 놀렸다. 우리는 모두 기쁨에 취해 있었다.

희재의 꿈은 비보이가 되는 것이었다. 희재가 비보잉을 잘하는 건 아니었다. 하지만 아주 좋아했다. 언젠가는 세계 최고의 비보이가 될 거라고 서슴없이 말했다. 그런 희재에게 하우스는 꽤 좋은 연습실이었다. 입구 쪽에 비닐 장판이 깔려 있었고 고물이긴 해도 전신 거울과 카세트 플레이어도 있었다.

희재가 내게 가장 많이 보여주었던 기술은 핸드 글라이드였다. 팔꿈치를 배꼽에 붙이고 손바닥만으로 전신을 지탱한 채 뱅글뱅글 도는 동작이었다. 희재가 완벽하게 익힌 유일한 기술이었다. 그걸 할 때 희재는 손에 양파 망을 꼈다. 이것저것 껴봐도 그것만큼 손에 착 붙는 게 없다고 했다. 처음에는 멋있었다. 핸드 글라이드를 하는 것도, 그걸 잘해보려고 면장갑도 껴보고 비닐봉지도 껴봤다는 것도 다 대단해 보였다. 하지만 시간이 지나면서 희재가 양파 망을 집어들면 좀 곤란해졌다. 난이도가 높은 기술을 연습하던 희재는 번번이 실패했고 결국에는 핸드 글라이드만 하염없이 돌았다. 나는 희재가 기죽을까 봐 열심히 박수를 쳤다. 하지만 그러는 것도 하루이틀이었다. 내가 들어도 내 박수소리엔 진심이 없었다. 그리고 어느 날 나도 모르게 이런 말을 했다.

 그거 나도 가르쳐줘.

 그즈음 나와 친구들은 일요일 저녁마다 하우스에 모였다. 한 주 동안 각자의 연애에서 일어난 일들을 복기하고 공유하기 위한 자리였다. 나는 아이들에게 핸드 글라이드를 연습하고 있다는 걸 말했다. 아이들은 손뼉을 치며 웃었다. 희재가 준 양파 망을 손에 끼워 보여주자 눈물까지 흘렸다.

야, 손이 야해. 뭔가 섹시해.

그리고 우리는 사랑이 사람에게 어떤 일까지 하게 만드는지 이야기했다.

다들 대단히 애쓰고 있었다. 밤에 부모님 몰래 담장을 넘은 유연의 이야기는 별것도 아니었다. 민정은 몇 년 동안 모은 저금통을 깼다. 그 돈은 남자친구의 기타를 커스텀하는 데 쓰였다. 그리고 영지는 남자친구와 자게 될지도 모른다고 했다. 그렇게 하면 체전에서 금메달을 딸 수 있을 것 같다고, 남자친구가 말했다는 거였다. 영지의 말에 분위기가 진지해졌다.

그래서 넌 어떻게 하고 싶은데?

민정이 물었다. 영지는 꽤 오랫동안 생각에 잠겨 있었다. 우리는 그 침묵 끝에 올 영지의 말을 기다렸다.

그러고 싶어.

영지가 말했다. 나는 깜짝 놀랐다.

혹시 하게 되면, 너희한테 꼭 말하고 싶어.

영지는 그렇게 덧붙였다.

그래. 꼭 말해.

유연이 말했다.

근데 못할 것 같아. 못하고 속만 끓일 것 같아.

우리한테 말도 못하고 속 끓일 일을 왜 하려는 건지, 나는 이해가 되지 않았다. 하지만 내 입에선 엉뚱한 말이 나갔다.

말 못하겠으면 여기에 표시를 남겨줘. 우리가 알아볼 수 있게.

내가 무슨 말을 한 거지? 말리지는 못할망정. 하지만 주워 담을 수도 없었다. 내 말이 끝나자마자 유연이 가방에서 스티커를 꺼냈다. 다이어리를 꾸밀 때 쓰는 스티커였다. 유연은 빨간색 하트를 찢어서 영지에게 줬다.

지금 너 앉은 자리에 붙여놔.

그렇게 해서 영지가 남자친구와 자는 일은 시간문제가 되어버렸다. 나는 그 일을 부추겼다는 생각에 그날 밤 잠들지 못했다. 희재와 통화라도 하면 잠이 올 것 같았지만 해선 안 될 말을 하게 될까 봐 꾹 참았다. 잠자리에서 조용히 일어나 컴퓨터를 켰다. 미니홈피에 비공개 일기라도 써야 할 것 같았다. 싸이월드에 접속하자 영지에게서 선물이 와 있었다.

사랑해, 친구들.

메시지와 함께 도착한 것은 BGM 선물, 델리스파이스의 「챠우챠우」였다. 이어폰을 컴퓨터 본체에 꽂고 노래를 몇 번이고 들었다.

나는 핸드 글라이드를 할 줄 알게 되었다. 평상에 빨간 하트가 붙은 걸 발견한 날의 일이었다. 영지가 고민을 이야기한 지 정확히 열흘 뒤였다. 희재는 팔꿈치와 무릎에 보호대를 하고 계속 몸을 던졌다. 우당탕탕, 쿠당탕탕. 안 그래도 머릿속이 복잡했다. 아직 아무도 이야기하지 않은 걸 보면 스티커는 내가 처음 본 것 같았다.

나는 머리를 털고 일어나 비닐 장판 가운데에 섰다. 손에 양파 망을 끼자 희재가 한쪽으로 비켜섰다. 나는 스텝을 밟은 다음 손바닥을 장판에, 팔꿈치를 배꼽에 붙였다. 어떻게 된 일인지 내 몸이 팔꿈치 위로 둥실, 정말로 둥실 떴다. 놀고 있는 손으로 바닥을 밀었더니 몸이 팽이처럼 돌아갔다. 희재가 박수를 치고 있다는 걸 알고 나서 곧바로 중심을 잃었다. 바닥에 반 바퀴를 굴러 대자로 누웠다. 몸의 오른쪽이 욱신거렸다. 눈을 뜨니 나를 물끄러미 내려다보고 있는 희재의 얼굴이 보였다. 나는 희재의 티셔츠를 당겼다. 희재의 입술이 가까이 다가왔다. 비닐하우스에서 첫 키스를 하게 될 줄이야. 하지만 나는 그걸 해버렸다. 짜고 축축한 입맞춤을.

희재와 나는 매일 입을 맞췄다. 하우스에서도 맞추고 가로등 없는 논길에서도 맞추고 우리 집 담벼락 아래에서도 맞췄다. 엄청나게 좋았던 건 아니었다. 더운 날씨에 몸과 몸을 붙이고 입술을 맞대고 나면 땀에 흠뻑 젖었다. 키스 뒤에 보이는 건 희재의 번들거리는 얼굴이었다. 몇 번을 해도 짜고 축축하다는 느낌만 들었다. 그런데도 우리는 만나기만 하면 입을 맞춰댔고 어떤 날은 같이 있는 내내 그러기도 했다. 두 시간을 입만 맞추고 나서 황당해한 적도 있었다.

어쩌면 나는 내 입을 틀어막고 싶었는지도 모르겠다. 가만히 있으면 영지에 관한 이야기가 튀어나오려고 했다. 영지는 스티커만 붙여놓고 일주일째 학교에 나오지 않았다. 가출이었다. 친구들과 함께 전화를 하고 문자메시지를 보냈지만 영지는 응답하지 않았다. 그러다 딱 한 번 답신을 해 자신이 있는 곳을 알렸다. 영지는 J시에 가 있었다. 소년체전이 열리는, 왕복 여섯 시간 거리의 도시였다. 짐작대로였다. 우리가 궁금했던 건 어디에 갔느냐가 아니라 왜 돌아오지 않느냐였다. 좋은 일 때문이라는 생각은 도저히 들지 않았다. 영지를 생각하면 불안했다. 그래서 희재에게 자꾸만 뭔가를 묻고 싶어졌다. 그러나 묻지 않았다. 그건 영지를 위한 것이기도 했고 나를 위한 것이기도 했다.

영지는 보름 만에 돌아왔다. 남자친구는 시합이 끝난 뒤(은메달을 땄다) 바로 돌아왔지만 영지는 아니었다.
바람 좀 쐬고 갈게.
열흘째 되던 날 영지는 네이트온으로 쪽지를 보냈다. 특수문자와 히라가나로 화려하게 꾸며두었던 대화명은 '林永知' 세 글자로 바뀌어 있었다. 돌아오기 전날 영지는 미니홈피 스킨을 잿빛으로 바꾸었다. 미니미는 등을 돌리고 있었고 그 옆에 남자친구의 미니미는 없었다. 영지를 기다리던 우리는 심각한 표정으로 미니홈피를 들여다봤다.

다음 날 영지는 쥐한테 파 먹힌 것 같은 머리를 하고 나타났다. 지난 밤 영지의 집에서 무슨 일이 일어났는지는 묻지 않아도 알 수 있었다. 등교와 동시에 담임에게 호출된 영지는 하루 종일 학생부 교무실에 있다가 돌아왔다. 1교시는 무릎 꿇고 반성, 2교시는 깜지 쓰면서 반성······ 그렇게 8교시 보충수업 시간까지 반성을 하고 온 영지는 아침보다 훨씬 후줄근한 몰골이었다. 여름방학이 올 때까지 쓰레기 소각장에서 혼자 분리수거를 하는 벌도 받았다.

영지는 담담했는데 우리가 울었다. 가장 속상했던 건 역시, 잘려나간 머리카락이었다. 학교를 마치자마자 우리는 읍내의 미용실에 갔다.

가출했다가 잡혔니?

가슴에 '율'이라고 적힌 명찰을 단 언니가 영지에게 농담을 던졌다.

남자랑 잤는데 걸렸어요.

영지가 말했다. 소파에 앉아 있던 우리는 동시에 고개를 푹 숙였다. 언니는 냉장고에서 요구르트를 꺼내줬다.

내가 잘 다듬어줄게.

언니의 얼굴을 가득 채웠던 나른한 기운이 사라졌다. 언니는 한 올 한 올 세심하게 가위질을 했다.

다 됐다.

샴푸와 드라이까지 마친 영지의 머리는 『중경삼림』에 나온 왕페이처럼 짧았다. 영지의 하얗고 작은 얼굴과 썩 잘 어울리는 스타일이었다. 문득 영지가 양조위 같은 남자를 만나게 되려나 생각했다. 그 남자가 착한 사람이었으면 좋겠다고, 나는 바랐다.

이게 내 최선이야.

말하는 언니에게 영지는 허리를 굽혀 인사했다. 우리도 깊이 고개를 숙였다. 커트비로 팔천 원을 받은 언니는 잠시 망설이는 표정을 했다가 오천 원을 돌려주었다. 사탕도 한 움큼 집어주었다. 우리는 언니가 준 돈으로 맥주와 오징어다리를 먹었다.

영지의 남자친구가 변한 건 스티커가 붙고 나서 사흘도 지나지 않아서였다. 체전이 끝날 때까지는 시합에만 집중하고 싶다며 연락을 하지 말아달라고 했다. 영지는 이별을 직감했고 남자친구를 따라갔다. 찜질방과 PC방에서 밤을 보내는 동안 위험한 일도 있었다고 했다. 그리고 영지는 남자친구와 한 번 더 잤다. 남자친구의 마음은 돌아오지 않았다. 영지 역시 예감했던 일이었다. 그럼에도 영지는 하고 싶었고, 그래서 했다고 말했다.

피임은?

민정이 물었다.

했어.

영지가 말했다.

후회는?

유연이 물었다.
없어.
영지가 말했다.
그럼 이젠……?
내가 물었다.
잘 살아야지.
영지가 말했다. 그날의 대화는 그렇게 끝났다.

 잘 살 거라는 영지의 다짐이 내게는 질문이 되었다. 잘 사는 게 뭘까? 나는 알지 못했다. 내가 그것에 대해 잘 모르고 있다는 것조차 그때 알았다. '잘'이라는 말에도 '산다'라는 말에도 너무 많은 뜻이 담겨 있었다. 그래서 나는 영지의 삶을 지켜보기로 했다. 지켜주는 마음으로 지켜보자. 문득 그런 말이 머릿속을 스쳐갔다. 나는 그 문장을 싸이월드 다이어리에 적었다. 친구들이 이모티콘으로 댓글을 달아주었다.
 하지만 나는 영지를 지켜주지도 지켜보지도 못했다. 영지는 일주일 만에 전학을 갔다. 전학은 영지도 모르게 진행되었다. 영지는 인사도 제대로 못하고 서울로 떠났고 이틀이 지난 뒤에야 전화를 했다. 우리는 하우스에서 머리를 모으고 앉아 영지의 목소리를 들었다.

그렇게 됐다.

영지가 말했다.

이런 식으로 서울에 올 계획은 없었는데 말이지.

영지는 작은 고모 집에서 살게 됐다고 했다. 눈칫밥을 좀 먹게 되었지만 고모가 부자라서 볕이 잘 드는 넓은 방을 갖게 되었다고 했다. 놀라울 정도로 아무런 냄새도 나지 않는 방이라고도 했다. 내가 아는 영지의 방이 떠올랐다. 방향제를 아무리 뿌려도 소똥 냄새가 은은하게 나던 노란 색감의 방. 새 학교의 아이들 몇이 영지더러 촌스럽다고 수군댔지만 또 몇몇은 영지의 짧은 머리에 관심을 보였다. 미용실 정보를 물었던 아이와는 친구가 될 것 같다고 했다.

통화는 금방 끝났다. 종료음이 울리고 유연이 휴대전화를 닫았다. 하우스 안은 조용했다. 유연과 민정이 집에 가자고 했다. 나는 그러지 말자고, 이런 때일수록 같이 있자고, 말하고 싶었다. 하지만 집에 가는 동안 아무 말도 못 했다. 이런 때,라고 말해버리면 정말로 우리에게 나쁜 일이 벌어진 것만 같아서였다. 집이 가장 멀었던 나를 유연과 민정이 데려다주었다. 나는 두 사람의 가방에 박힌 나이키

와 노스페이스 로고가 보이지 않을 때까지 문 앞에 서 있다가 집에 들어갔다.

여름방학이 왔다. 유연은 경기도 북부에 있는 기숙학원에 들어갔다. 우리 마을에서 차로 다섯 시간 반을 가야하는 곳이었다. 놀랍게도 유연이 자발적으로 선택한 일이었다. 유연은 남자친구와 같은 대학에 갈 거라고 했다. 그게 가능하려면 유연은 모의고사 성적을 최소 세 등급은 올려야 했다. 냉정하게 말해서 천지가 개벽하는 게 빨랐다. 하지만 나는 유연을 진심으로 응원했다. 만약 유연의 마음에 사랑이, 정말로 사랑이, 무럭무럭 자라는 중이라면 못할 것도 없는 일이었다. 그때의 나에게 사랑은 그런 것이었다.
희재를 사랑한 나는, 희재가 좋아하는 춤을 계속 췄다. 춤 연습은 즐겁지 않았다. 살면서 춤추는 걸 좋아해 본 적이 없었다. 비보잉 동작은 아프기까지 했다. 희재에겐 멍자국 난 몸이 자랑이었을지 몰라도 내겐 아니었다. 무릎이나 팔뚝에 멍이 들어 있으면 학교 애들이나 선생님들에게 묘한 의심을 받기 좋았다. 그럼에도 내가 희재를 따라 하우스 바닥에 몸을 던진 것은 어디까지나 희재가 기뻐해서였다.

희재와 하고 싶은 것이 많았다. 숨 막히게 뜨거운 하우스에서 춤을 추다가 아이스크림을 사 먹고 또 춤을 추다가 입을 맞추고 다시 춤을 추다가 헤어지는 데이트는, 이제 그만하고 싶었다. 지겨웠다. 그리고 나는 폭발했다. 흙탕물을 뒤집어쓴 날이었다. 가위바위보에 져서 아이스크림 심부름을 하던 길에 트럭이 물웅덩이를 밟고 지나갔고 나는 머리부터 발끝까지 엉망이 됐다. 차는 쌩하니 가버렸다. 손으로 얼굴의 물을 훔치다가 아이스크림을 바닥에 던져버렸다. 씩씩대며 하우스에 돌아가 문을 발로 찼다.

야!

내가 소리치자 희재는 스텝을 밟던 자세 그대로 멈췄다. 희재는 나의 몰골을 보고 할 말을 잃은 듯 꼼짝하지 않았다. 둥둥둥. 비트 소리만이 나와 희재 사이를 채웠다. 엉거주춤하게 선 희재는 지금 춤을 출 상황이 아니구나 하는 얼굴로 나를 봤다. 하지만 그 얼굴보다 더 또렷하게 보인 것은 미세하게 박자를 타는 희재의 어깨와 등과 발목이었다. 음악이 들리는 이상 어쩔 수 없이 반응하게 되는 조건반사와 같은 움직임. 그런 희재를 보니 머리끝까지 차올랐던 화가 조금 가라앉았다. 넌 춤이 정말 좋은 거구나. 하우스 문을 박찼을 때까지만 해도 '나야? 춤이야?' 같은 말을 할 작정이었지만 마음이 바뀌었다. 나는 내기를 제안했다.

이긴 사람 소원 들어주기야.

희재는 수건을 들고 내 앞에 말없이 서 있었다. 어안이 벙벙한 표정이었다. 그 얼굴이 귀엽긴 했지만 양보할 마음은 없었다. 수건을 받아 얼굴을 닦은 뒤 내기의 조건을 말했다.

내가 일주일 안에 윈드밀이든 토마스든 돌면 내가 이기는 거야.

희재와의 내기에 대해 누구에게도 말하지 못했다. 유연은 기숙학원에 있는 동안 휴대전화를 쓸 수 없었고 영지는 고모의 성화에 못 이겨 템플스테이에 가 있었다. 마을에 남아 있던 민정은 보충수업 첫날부터 학교에 나오지 않았다. 아프다는 핑계를 댔지만 진짜 이유는 실연이었다. 민정의 돈으로 기타에 불꽃 무늬를 새겼던 남자친구는 C시에서 열린 청소년 음악제에 다녀온 뒤로 헤어지자고 말했다. 싸이월드 방명록으로 통보한 이별이었다. 민정은 완전히 녹다운 된 채로 여름방학을 보냈다. 누구도 만나지 않았고 누구에게도 연락하지 않았다. 나는 방명록만 열려 있던 민정의 홈피에 찾아가 안부를 묻곤 했다. 민정은 묵묵부답이었다.

나는 그래서 정말 외로웠다. 일주일 동안 희재와 만나지도 않았다. 굳이 그렇게까지 할 필요는 없었지만 그렇게 했다. 희재가 나의 빈자리를 크게 느끼길 바랐다. 조금이라도 슬퍼하길, 외로워하길. 하지만 나는 희재의 슬픔과 외로움은 알 수 없었다. 내가 가늠할 수 있는 건 오로지 내 몫의 슬픔과 외로움뿐이었다. 그것은 낯설고 불편한 감정이었다.

희주를 생각했다. 아니 저절로 떠올랐다. 희주는 내가 그런 상태일 때마다 불쑥 머릿속에서 튀어나왔다. 웃으면서, 박수를 치면서, 내가 친해지고 싶다는 생각을 하게 만든 그 모습으로. 그러면 나는 더 불편해졌다. 아직 지우지 않은 희주의 번호를 누르려다 포기했다. 언제나처럼. 그렇게 지낸 세월이 1년 반. 따갑고 간지러운 뭔가가 몸에 달라붙는 느낌이었다. 그걸 털어내고 싶어서 비닐 장판에 몸을 던졌다.

윈드밀과 토마스는 더럽게 어려웠다. 핸드 글라이드와는 비교가 안 되는 수준이었다. 인터넷에서 구한 강습 영상을 보고 또 보고 계속 봐도 요령이 익지 않았다. 왼발을 높이 차라고 해서 할 수 있는 한 힘껏 찼는데도 두 다리는 반 바퀴 만에 떨어졌다. 원심력을 이용하라고 했는데 애초에 내 몸에서 그런 힘이 만들어질 것 같지가 않았다. 그럼에도 나는 계속 굴렀다. 할 수 있는 게 그것뿐이었으므로.

나는 희재와 물과 별이 많은 곳에 가고 싶었다. 바다여도 좋고 계곡이어도 좋으니 물소리가 들리는 곳에서 별을 보고 싶었다. 그곳에서 희재와 입을 맞추게 된다면, 내 첫 키스는 그걸로 해야지. 그렇게 생각하면 머릿속에서 몸이 풍차처럼 획획 돌아갔다.

어느덧 약속한 목요일이 되었고 나는 희재 앞에서 윈드밀과 토마스를 성공했다. 토마스 첫 바퀴가 획 돌아갔을 때 내 뱃속에서 모터가 돌아가는 느낌이 들었다. 부릉부릉. 몸이 막 돌아가고 발목에서 날개가 펄럭대는 느낌이 들더니 윈드밀까지 단번에 끝났다. 희재는 진심으로 놀란 얼굴이었다.

언제 이렇게……?

소원이나 들어줘.

윈드밀 자세가 좀 애매했는데…….

소원 안 들어줄 거냐고!

우리는 바다에 갔다. 하늘이 맑았고 바람도 적당했다. 그리고 딱 내가 원했던 만큼 더웠다. 희재와 손을 잡고 파도를 탔다. 큰 파도를 맞으면 손을 놓치게 되었지만 얼른 다시 찾아서 잡았다. 파도를 탈 때마다 가슴이 울렁였다. 그 느낌이 너무 좋아서, 사랑을 온몸으로 느끼는 기분이어서, 입술이 파래지도록 물속에 있었다. 해 질 녘이 되어서야 해변에 자리를 잡고 앉아 컵라면을 먹었다. 그대로 몸을 말리면서 해가 완전히 지기를 기다렸다.

 밤은 두꺼비집을 내린 것처럼 훅 찾아왔다. 나는 희재의 손을 잡고 바닷물이 물러간 모래사장 위를 걸었다. 주위에 아무도 없어질 때까지 한참을 걸었다. 막차 시간이 가까웠지만 걸음을 멈추지 않았다. 파도의 끝자락을 잡아보고 싶었다. 하지만 아무리 걸어도 바다는 멀어지기만 했다. 고개를 드니 밤하늘이 군청색이었다. 해변가 상점들의 불빛 때문에 별은 밝은 것 몇 개만 흐릿하게 보였다. 나는 팔을 둘러 희재의 목을 감았다. 희재의 입술이 내 입술을 향해 내려왔다. 나는 처음으로 시원하고 달콤한 키스를 했다. 윈드밀과 토마스를 돌 때와 비슷한 느낌이었다.

 남은 여름을 희재에게 완전히 잠겨 지냈다. 바다에서의

입맞춤 이후 나는 몸의 감각으로도 사랑을 말할 수 있게 되었다. 희재의 단단한 팔과 어깨가 내 몸을 감쌀 때의 기분, 바람떡 같은 입술로 내 입술을 덮을 때의 느낌. 그건 나만 알기에 아까운 것이었다.

유연은 2학기 개학 사흘 전에 돌아왔다. 미니홈피 다이어리에 돌아왔다고만 적어두고 다른 연락은 없었다. 그렇게 이틀이 지났다. 전화를 해봤다. 무슨 일이 있나 걱정되었다. 아니나 다를까 유연은 울먹이며 전화를 받았다.

지현아……

왜 그러느냐고 물어도 유연은 울음을 참느라 말을 제대로 잇지 못했다.

집이야? 내가 갈게.

그렇게 말하고 전화를 끊으려는데 차분한 목소리가 들렸다.

우리 지금 하우스야. 여기로 와.

민정이었다. 나는 곧장 하우스로 갔다. 유연은 퉁퉁 부어 있었다. 민정이 그 곁에 바투 앉아서 등을 쓰다듬어 주고 있었다. 내가 조심스럽게 평상 끝에 걸터앉자 민정이 말했다.

헤어졌대. 남친이랑.

연애를 시작한 순서대로 이별을 맞고 있었다. 나는 유연에게 뭔가 위로가 될 말이나 행동을 해야 한다고 생각하면서도 얼어버렸다. 덜컥 겁이 났다. 그리고 그 순간 내가 했던 생각은, 희재와 보낸 바다에서의 시간을 이 아이들에게 말할 수 없게 됐구나,였다. 여름방학의 기억은 나만의 것으로 남겨야 했다. 나 혼자만 연애를 하지 않았을 때와 비슷한 기분. 친구를, 역시 잃게 되는 걸까? 한여름의 하우스 안이었는데도 팔에 소름이 돋았다. 완전히 벗지 못한 신발이 발끝에 걸려 있었다.

 하고 싶었던 이야기를 그냥 편하게 했다면 어땠을까. 유연과 민정은 잘 들어주고 기뻐하고 그러면서 나를 놀리기도 하고 그랬을까. 그때의 나는 혼자만 연애를 하고 있다는 게 미안했다. 나의 말 한마디가 그 애들에게는 상처가 될 수 있다고, 나를 미워하게끔 만드는 이유가 될 수도 있다고 생각했다. 그래서 나는 그 애들과 함께일 때 나사를 잘못 조인 목각인형처럼 삐걱댔다. 아니 어쩌면 내가 그렇게 생각하고 그렇게 행동한 건 정말로 둘의 탓이었을 수도 있다. 연애를, 그 좋은 걸, 혼자만 하고 있는 내가 부럽고 얄미웠을 수 있다. 그래서 티가 났을 수도 있고 티를

냈을 수도 있다. 어느 쪽이 맞든 확실한 건 내게 어떤 선택이 강제되었다는 사실이었다. 사랑은 왜 자꾸 뭔가를 요구하는 걸까. 곤란한 것들을 던질까. 그럼에도 나는 희재와의 연애를 택했다.

유연과 민정이 나를 빼고 따로 만나는 날이 늘어갔다. 둘이 찍은 스티커사진을 미니홈피에서 확인하고 그 아래에 달린 영지의 '지현이는 어디?'라는 댓글에 '걔 엄청 바쁘셔ㅋ'라는 대댓글이 달린 걸 봤을 때, 나는 가슴 한가운데서 뭔가 쑥 빠져나가는 기분을 느꼈다. 그럴수록 나는 희재에게 더 몰두했다. 우리의 연애가 세상에서 가장 아름다운 것이 되도록 하고 싶었다. 그것이 나의 가치를 증명해주기라도 하는 것처럼, 잃은 것들에 대한 보상이라도 되는 것처럼, 간절히 매달렸다.

하지만 희재의 마음은 시들고 있었다. 희재는 나와 보내는 모든 시간에 시큰둥했다. 그 좋아하던 춤도 건성으로 췄다. 하우스에 같이 가도 스텝이나 몇 번 밟고 기술을 연습하는 시늉만 하다가 평상에 드러누웠다. 음악을 끄고 그 옆에 눕고 싶었지만 나는 계속 춤을 췄다. 정적과 고요가 무서웠다. 희재는 만사 귀찮은 얼굴을 하고서 내 동작에 이런저런 간섭을 했다. 손을 더 빨리 바꿔야지. 다리 더 크게 올려야 된다니까. 희재는 나를 질투하고 있었다. 나는 희재의 눈치를 보게 되었다. 서운한 기색은 비칠 수 없었다. 우리 사이가 언제든 쩍하고 갈라져 버릴 것 같았다.

날이 갈수록 스스로가 미워졌다. 그러는 만큼 엄마도 미워하게 됐다. 내가 희재에게 절절 매는 게 엄마 탓 같았다. 좋은 건 하나도 안 주고 이상한 것만 물려줬다. 엄마를 원망했다.

엄마가 아빠를 잊지 못한 것 같았다. 엄마는 방황했다. 그럴 수 있지. 엄마도 사람이니까. 머리로는 이해할 수 있었다. 하지만 마음은 그렇게 되지가 않았다. 도대체 왜 아빠 같은 남자에게서 벗어나지 못하는지. 아니 실은 너무 잘 알 것 같아서 엄마가 미웠는지도 모른다. 엄마는 에코의 노래 「행복한 나를」을 들으면서 멍하니 앉아 있곤 했다. 전에는 잘 들고 다니지도 않던 휴대전화를 열었다 닫으며 망설이거나 아쉬워하는 표정을 지었다. 늦은 밤 집에 들어와 나와 우현의 곁에 눕기도 했다. 엄마의 몸에서는 옅게 술 냄새가 났다.

지현아.

나지막이 내 이름을 부르기도 했다. 우현은 안 부르고 나만 불렀다. 그럴 때 엄마가 하는 말은 언제나 내 마음을 무겁게 하는 것이어서 나는 깊이 잠든 척을 했다. 엄마는 한참을 가만히 있다가 자기 방으로 갔다. 엄마가 널찍한 침대에서 혼자 잠들 걸 생각하면 신경이 쓰였지만 나는 누운 자세만 조금 고칠 뿐 일어나지 않았다.

누나, 엄마 왜 저래?

우현이 물었다.

나도 몰라.

나는 거짓말을 했다.

희재와 잤다. 여름이 다 가기 전에.

그날 하우스 평상에는 화투 패가 어질러져 있었다. 유연과 민정이 맞고라도 친 모양이었다. 그 애들이 여전히 하우스를 쓰고 있다는 걸 나는 몰랐다. 학교에서 매일 봤고 급식도 같이 먹었는데…… 그러는 동안 우리가 무슨 이야기를 나눴지? 하나도 기억이 나지 않았다. 쓸모없는 이야기를 하며 끈끈해지던 날들이 완전히 끝나버린 것 같았다. 나는 헝클어진 패들 속에서 삼광을 찾아 주머니 깊숙이 넣고 반으로 접었다. 그때 생각했다. 희재와 자야겠다고.

꽃과 비닐

무료한 얼굴로 누워 있는 희재에게 입을 맞췄다. 내겐 이제 너뿐. 나는 그것이 희재와 자는 이유로 충분하다고 생각했다. 하나 남은 소중한 것인 희재에게 기대고 싶은 마음. 나에게는 다른 무엇보다 희재의 품이 필요했다. 그 애의 살갗에 내 살갗을 맞대어 보고 싶었다. 호기심이나 충동 같은 말로는 설명할 수 없었다. 가장 가까운 말은 아무래도, 사랑이었다.

그러나 그건 10대 여자아이의 입으로 말해선 안 되는, 설령 말한다고 해도 아무도 귀 기울여 주지 않을 마음이었다. 나는 그 뒤로 며칠 동안 내가 어째서 희재와 잤는지, 사랑 말고 다른 이유를 찾으려 애썼다. 찾아낸 말들은 모두 변명밖에 되지 않았다. 나는 다이어리에서 하트 스티커 하나를 떼어 평상 한 가운데에 붙였다. 유연과 민정은 며칠이 지나도 반응이 없었다.

학교에서 춘추복을 입어도 된다고 했던 날, 나는 희재에게 헤어지자고 말했다. 딱 한 번이었던 잠자리 뒤로 희재는 내게 잘해주려고 부쩍 노력했다. 용돈도 얼마 받지 않는 주제에 아디다스 져지를 선물로 사줬고 주말이면 영화관과 노래방과 커피숍에 나를 데리고 갔다. 그 노력들은 나를 슬프게 했다. 춤은 안 추냐고 물으면, 춤보다 내가 더 중요하다고 말했다. 희재가 미안해서 그런다는 걸 알았다. 희재는 사과하는 사람의 얼굴로 잘해줬다. 내게 못할 짓을 했다고 생각하는 게 틀림없었다. 몸을 밀착하고 있을 때 우리의 사랑은 반대 방향으로 달리고 있었던 것이다.

희재에게서 받은 마지막 선물은 새끼 강아지였다. 희재와 강아지를 번갈아 보면서 나는 그만 희재를 놓아주어야겠다고 생각했다. 갖고 싶다고 한 적 없는 선물을, 고마운 마음이 들지 않는 선물을, 더는 받을 수 없었다. 내가 희재에게 받고 싶은 것은 단 하나였고 그건 희재가 줄 수 없는 것이었다.

미안해. 미안했어.

희재는 그렇게 말하며 조금 울다가 끝내 강아지를 안겨주고 갔다.

3

집에 데려가긴 했지만 강아지를 예뻐할 마음은 생기지 않았다. 털 있는 짐승이라면 죄다 무서워하는 우현도 강아지를 멀리했다. 강아지에게 사랑을 준 사람은 엄마였다. 엄마는 강아지에게 뽀삐라는 이름도 지어줬다. 예쁘게 생겼으니 이름은 무조건 뽀삐라고. 나는 맘대로 하라고 했다.

집에 애기가 있는 게 얼마 만이니?

엄마는 뽀삐를 보며 나와 우현의 아기 시절을 떠올리는 모양이었다. 우현이 싫다고 질색을 해도 엄마는 뽀삐를 집 안까지 데리고 들어왔다. 뽀삐를 안고 TV를 봤고 뽀삐가 잘 때 옆에서 같이 잤다. 뽀삐 덕분에 엄마가 아빠 생각을 덜 하는 것 같았다. 기뻐 보였고 좋아 보였다. 뽀삐에게 조금은 잘해줘 볼까 하는 마음이 생겼다. 희재가 줬던 옷과 음반과 액세서리를 중고거래로 팔았다. 그 돈으로 사료와 개껌과 장난감을 샀다.

집에 돌아가 보니 우현이 거실 소파에 시무룩하게 앉아 있었다. 눈이 좀 부은 채였다.

너 왜 그래? 울었어? 누가 때렸어?

내가 묻자 우현이 울먹이며 말했다.

누나, 뽀삐 집 나갔어.

말을 하고 으앙, 울었다. 우현이 집에 왔을 때 엄마는 없었고 뽀삐는 거실에서 똥을 싸는 중이었다. 짜증이 난 우현은 현관문을 열고 뽀삐를 마당으로 쫓아냈다. 그런데 뽀삐가 덜 닫힌 마당 대문으로 나가버린 것이다. 아무 것도 모르고 방에서 게임을 하던 우현은 한참 뒤에야 마당이 너무 조용하다는 걸 알았다. 뒤늦게 찾아봤지만 뽀삐는 어디에도 없었다.

걱정 마. 곧 올 거야.

말은 그렇게 했지만 내게도 확신은 없었다. 뽀삐가 과연 혼자서 집을 찾을 수 있을 만큼 자랐는지 알 수 없었다. 마음을 쓰느라 지친 우현은 소파에 모로 누워 잠이 들었다. 엄마가 원망스러웠다. 우현이 개를 무서워하는 걸 뻔히 알면서 거실에 뽀삐를 두고 나간 무신경함이 미웠다. 뽀삐는 기다려도 오지 않았고 어느덧 해가 지기 시작했다. 나는 우현을 깨워 뽀삐를 한 번 더 찾아보자고 했다.

우리는 흩어져서 뽀삐를 찾았다. 한 시간 넘게 돌아다녔지만 뽀삐는 보이지 않았다. 동네는 완전히 어두워졌다. 나는 우현에게 전화를 걸어 먼저 집에 가 있으라고 했다. 우현은 또 울었다. 뽀삐가 돌아오면 잘해줄 거라고 했다. 꼭 그러라고 대답했다. 뽀삐를 찾지 못할 거라는 예감이 들었지만 우현에게는 말하지 않았다.

전화를 끊고 걷다가 엄마를 봤다. 천변의 벚나무 길에

서였다. 아빠와 남이 되기 위해 걸었던 길, 엄마는 그 길을 다른 남자와 걷고 있었다. 손을 꼭 잡고서. 엄마는 처음 보는 분홍색 바람막이를 입고 있었다. 나는 이 놈의 세상이 내게 너무하지 않나 생각했다. 인생이 지나치게 자극적이야. 눈앞의 엄마를 어떻게 해석해야 좋을지 알 수가 없었다. 내가 그런 생각을 하고 있을 때, 가로등 불빛 아래로 엄마의 옆얼굴이 슬쩍 보였다. 엄마는 내가 처음 보는 얼굴로 웃었다. 아니 나는 그 얼굴을 알았다. 그건 내가 희재를 볼 때의 얼굴, 내 눈으로 본 적은 없지만 아주 익숙한 얼굴이었다. 저런 표정을 지으려면 얼굴 근육을 어떻게 써야 하는지 잘 알았다. 나도 모르게 같은 표정을 짓게 됐다. 엄마가 물려준 것 중에 꽤 괜찮은 것도 있다는 생각이 들었다.

하늘에서 비가 한두 방울 떨어졌다. 남자가 우산을 펴서 엄마 쪽으로 기울여 주었다. 가로수 아래로 작아져 가는 노란색 우산을 물끄러미 보며 서 있었다. 빗방울이 금세 굵어졌다. 나는 엄마로부터 등을 돌리고 달렸다. 우현에게 뭐라고 설명하지? 아니 아니지. 그건 내가 해야 할 일이 아니지.

계속 달려서 도착한 곳은 하우스였다. 어두운 하우스에

서 불도 켜지 않고 희주에게 전화를 걸었다. 전화번호가 바뀐 건 아닐까. 나를 수신차단 하진 않았을까. 불안이 몸집을 키우기도 전에 희주가 전화를 받았다. 할 말이 많아서 입이 떨어지지 않았다. 그 대신 희주가 훨씬 많은 말을 했다. 희주는 어제도 만났던 것처럼 사소한 이야기를 들려주었다. 희주는 좋아하는 것을 찾아서 좋아하면서 지낸다고 했다. 나도 내 이야기를 했다. 희주와 이야기하니 다 사소한 일들이 되는 것 같았다. 그렇게 있는 동안 발밑에 빗물이 고였다. 하우스 지붕이 뚫려 빗방울이 새고 있었다.

망가진 게 참 많아.

내가 말했다.

고치면 그만이지.

희주가 웃으며 대답했다. 나도 따라 웃었다. 전화를 끊고 빗물이 만든 작은 웅덩이에 발을 담갔다. 양말이 푹 젖었다. 전화가 울렸다. 우현이었다.

누나, 뽀삐 집에 왔어! 얘 되게 똑똑한 거 같아!

…….

빨리 와. 엄마가 치킨 시켜준대.

나는 양말을 벗고 신발을 신었다. 그리고 우현에게 말했다.

꽃과 비닐 139

두 마리 시켜달라고 해.

하우스의 문을 잠그고 등을 돌려 열쇠를 힘껏 던졌다. 열쇠는 포물선을 그리다가 시야에서 사라졌다. 나는 휴대전화를 다시 꺼내서 영지와 유연과 민정에게 문자메시지를 보냈다. 영지가 제일 먼저 답신을 했다. 새 남자친구가 생겼다고 했다.

비는 가을 태풍을 따라 올라온 것이었다. 날씨 탓에 치킨 집은 열지 않았고 우현은 하늘에 대고 짜증을 냈다. 엄마는 뽀삐를 안고 일찍 잠들었다. 밤새 비가 내리고 바람이 불었다. 일기예보에서는 바람보다 비가 강한 태풍일 거라고 했지만 우리 마을은 반대였다. 새벽녘 한 시간 정도는 마을 사람들이 다 깰 정도로 미친 듯이 바람이 불었다. 그 바람을 맞고 학교의 소나무가 쓰러졌다. 평소에는 눈에 띄지 않던 나무였는데 쓰러지고 보니 운동장 절반을 가로지를 만큼 컸다. 군청에서 나온 사람들이 나무를 토막내서 싣고 갔다.

오전에는 수업을 듣지 않고 학교 청소를 했다. 우리 학년은 운동장을 맡았다. 나무가 사라진 운동장이 새삼 넓어 보였다. 젖은 흙 위로 점점이 박힌 솔방울이 뽀삐가 싼

똥처럼 보였다. 귀여운데? 그런 생각을 하며 나뭇가지와 쓰레기를 줍는 사이에 잘생긴 솔방울도 찾았다. 테니스장 앞에서 붓펜으로 그린 것 같은 솔방울을 발견했다. 나는 그걸 손에 넣고 주먹을 꼭 쥐었다. 조금 아팠지만 지압을 하는 것처럼 시원하기도 했다. 나는 솔방울을 꼭꼭 쥐며 테니스장으로 들어갔다.

테니스장도 엉망이었다. 장미가 흐드러지던 풍경은 온데 간데없이 늘어진 네트와 흩어진 공들로 어지러웠다. 나는 교사 휴게실로 쓰는 컨테이너 박스로 갔다. 문 앞에 놓인 노란 상자 속에 망가진 라켓들이 어지러이 꽂혀 있었다. 그나마 쓸 만한 것을 골라 꺼냈다. 줄이 하나 끊어지고 몸통이 조금 휘었지만 한번 휘두르는 데 무리는 없어 보였다. 공을 하나 주워서 머리 위로 던진 다음 라켓을 휘둘렀다. 공은 네트를 살짝 넘어가 코트 구석에 절묘하게 떨어졌다. 태어나서 처음 해본 완벽한 스트로크였다.

와!

손과 팔에 전해진 감각이 너무 경쾌해서 나도 모르게 감탄을 했다. 주먹을 꼭 쥐었고 손바닥에 솔방울이 꾹 눌렸다. 솔방울을 쥔 손을 폈다. 자그마한 이빨로 깨문 것 같은 자국이 가득했다.

도로시는 말할 수 있는가?

◈ 이 소설을 쓰며 참고한 자료는 아래와 같습니다.
- 츠즈이(2018), <동인녀 츠즈이 씨> 1~3, 길찾기
- 김효진(2010), 「후조시腐女子는 말할 수 있는가?
  : '여자' 오타쿠의 발견」, 『일본연구 제45호』
- 김효진(2013), 「'동인녀同人女'의 발견과 재현-한국 순정만화의
  사례를 중심으로」, 『아시아문화연구 제30집』
- 김소원(2018), 「그녀들은 왜 소년들의 사랑에 열광하는가?
  -야마오카 시게유키山岡重行」
  『후조시의 심리학腐女子の心理學』,
  『대중서사연구 제24권 2호』
- 이라영(2020), 《폭력의 진부함》, 갈무리

1

도로시를 만나기 위해 호수에 갔다.
그 애가 나를 어떻게 기억하고 있을까.
약간의 걱정과,
아주 나쁘지만은 않을 거야.
약간의 기대를 품고.

걱정이 된 이유는 내가 대체로 별로인 인간이기 때문. 기대를 한 이유는 도로시와 친했던 시절이 나의 '축제' 기간이었기 때문이다. 내 인생에는 긴 주기를 두고 돌아와 짧은 기간 동안 열리는 축제의 시기가 있었다. 스무 살이 되었다는 것, 대학에 왔다는 것, 고향을 떠났다는 것. 이런 이유들이 겹쳐 축제가 시작되었고, 도로시와 함께 만든 추억이 있던 몇 달 동안의 나는 그럭저럭 봐줄 만했을 수도 있다.

축제 기간의 나는 잔잔하고 푹한 마음을 잘 유지했다. 그뿐인가. 체면을 알고 도리에도 힘썼다. 받은 것은 곱절로 갚고 잃은 것은 생각하지 않는, 디폴트의 내가 엄두도 못 낼 멋진 태도도 가졌다. 계속 그렇게 살았다면 참 좋았겠지만, 축제는 짧아서 축제였다. 그런 시절이 왜 오고 왜 가버리는지는 알 수 없었다. 마지막 축제가 언제였더라. 이제는 너무 옛날 일이라 그런 날들이 있었다는 것조차 가물가물했다. 도로시를 만나러 가는 마음은 가벼움과 무거움 사이에서 자꾸만 요동쳤다.

도로시는 먼저 도착해서 나를 기다리고 있었다. 파란 하늘에는 넓은 붓으로 펴놓은 듯한 옅은 구름이 떠 있었고, 쪽빛 수면 위의 작은 배에 공무수행이라 적힌 조끼를 입은 두 사람이 타고 있었다. 그들은 뭔가를 계속해서 건져내는 중이었다. 도로시는 그 모습을 보며 바람을 맞고 있었다.

《닥터 슬럼프》의 아라레를 닮은 헤어스타일과 동그란 안경, 체크무늬 폴로셔츠와 갈색 카고 반바지를 낙낙하게 입은 차림이 예전과 비슷해서 금세 알아볼 수 있었다.

오래 기다렸어?

내가 물었다.

괜찮아. 원래 집 가까운 애들이 지각하잖아.

도로시는 웃으며 말했다.

우리가 얼마만이지?

나는 알면서 물었다. 그걸 묻지 않는 게 이상할 정도로 오랜만이었기 때문이다.

15년.

도로시의 대답에 나는 고개를 갸웃했다. 그것보다는 덜 되지 않나?

도로시가 말한 15년 전이란, 대학에서의 두 번째 여름방학 시기였다. 도로시는 계절학기를 마치자마자 나를 만나러 왔다. 내가 입대를 앞두고 집에 머물던 때였다. 그때도 호수에서 만났다. 도로시가 그러자고 했다. 학교 소풍 때마다 질리도록 간 곳이었다. 나와 동향인 도로시 역시 마찬가지였을 텐데 굳이 거기에 가자고 하는 게 이상했다.

나는 거기 좋은데?

물 구경하는 걸 좋아한다고 했다. 그렇게 말하니 할 말이 없기도 해서 순순히 따라갔다. 우리는 버스를 한 번 환승해서 전망대까지 올라갔다. 그런 다음 반대편 입구인 개나리공원까지 천천히 내려갔다.

그럼 다시 해볼까?

도로시가 말했다. 따지고 보면 15년 만이라는 도로시의 말이 아주 틀린 것도 아니었다. 우리가 나란히 걸으며 제대로 된 대화를 한 건 그때가 마지막이었으니까. 우리는 호수를 등지고 전망대의 나선형 계단을 빙글빙글 내려갔다. 본격적으로 걷기 전에 엔제리너스 카페에 들러 아이스라테를 한 잔씩 샀다. 나는 도로시와 똑같이 시럽을 세 번 펌핑했다. 한입 먹자마자 정신이 번쩍 났다.

도로시가 내게 메일을 보낸 건 칠월의 마지막 날이었다.

얼굴 한번 보자.

수많은 광고 메일 사이에서 그 간결한 제목은 눈에 쉽게 띄었다. 그렇다고 열어볼 마음이 든 건 아니었다. 문장의 앞뒤로 붙은 노란색 꽃 모양 이모티콘 때문에 스팸메일처럼 보였다. 다른 메일들과 함께 휴지통에 버리려고 했다.

그런데,

　도로시♥

　보낸 사람의 이름에 시선이 멈췄다. 그건 도로시의 미니홈피 대문 문구였고 도로시가 써준 손편지에도 적혀 있는 글자였다.

　우리는 1년 동안 몇 통의 편지를 주고받은 적이 있었다. 내가 군복무를 하던 때였다. 선후임들은 도로시의 존재를 잠재적 애인, 심하게는 휴가 때 만나는 잠자리 파트너라 억측했다. 당연히 사실과 무관한 망상이었다. 듣는 것만으로도 도로시에게 죄짓는 기분이 들었다. 부인하면 할수록 개떡 같은 소리만 돌아와서 나중에는 그냥 입을 다물었다.

　더러운 추측들과 무관하게 나도 궁금하긴 했다. 도로시가 내게 왜 편지를 쓰는 건지. 입대를 하던 즈음의 나와 도로시는 예전만큼 가깝지 않았다. 입대 전에 나를 만나러 온 것도 뜻밖의 일이었다. 그러나 편지 봉투 안에 담겨 있던 것은 압도적인 기세의 응원이었다. 마지막 줄에는 항상 'がんばれ!' 라고 적어두었던 편지들. 나는 수많은 'がんばれ!'들을 보며 훈련병에서 일병까지의 힘든 1년을 버텨냈다. 도로시에게 고마웠다. 전역을 하면 반드시 보답하리라 다짐했다. 덕분에 여기서 괴물이 되지 않았다고. 하지만 나는 다짐을 지키지 못했다.

개나리공원까지 가는 길에 이름이 생겼다는 건 도로시가 발견했다.

이상한 이름이잖아.

그 이름은 정말이지 호수와 아무런 관련이 없어서 볼수록 이상했다. 그러자 많은 것이 달라 보였다. 이름 하나 생긴 것뿐인데. 그래서 뭐가 달라졌지? 말할 수 있는 게 없었다. 그냥 그런 기분이었을 뿐. 사실 그 길이 예전에 어땠는지 잘 기억나지 않았다. 어쩌면 가장 달라진 건 나였는지도 모를 일이었다.

그때랑 똑같네.

도로시가 말했다.

덥고. 아무도 없고.

산을 깎아 만든 도로는 커브를 그리며 아래로 이어졌고 아스팔트 위에 뜨거운 볕이 내려 아지랑이가 피었다. 차도 오른편의 인도도 마찬가지였다. 인도 옆으로는 잎사귀가 좁고 키가 큰 나무들이 일정한 간격을 두고 서 있었고 갓길은 없었다. 낙석주의 표지판이 붙은 차도 안쪽으로 바짝 붙어야 그늘로 들어갈 수 있었다. 그늘 밑에서 걷는다고 덥지 않은 건 아니었지만 우리는 누가 먼저랄 것도 없이 길 안쪽으로 갔다. 앞뒤로 나란히 서야 둘 다 그늘 안에 있을 수 있어서 그렇게 걸었다. 내가 앞에 서고 도로시가 뒤에 섰다. 도로시는 모닝구무스메의 노래를 흥얼거렸고 나는 그 목소리의 크기에 맞춰 걷는 속도를 조절했다. 그렇게 하는 것이 꽤나 다정한 기분을 느끼게 했다. 나는 우리가 다정하게 지냈던 시간들을 떠올렸다. 몇 가지 일들은 도로시와 이야기해 보고 싶기도 했다. 그러나 입이 선뜻 떨어지지 않았다. 뱉지 못한 말들이 장면이 되어 머릿속에 지나갔다. 미니홈피 다이어리에 정성 들여 써놓은 것도 있었고, 내 기억에 이런 것까지 남아 있다니 할 정도로 사소한 일도 있었다. 생각은 꼬리에 꼬리를 물었다. M-Flo와 Harvard의 음악을 듣기 위해 아침마다 도로시의 미니홈피에 들렀던 날들까지 기억에 닿았을 때 도로시가 나를 불렀다.

이보세요. 같이 가세요.

나는 아차, 하며 걸음을 멈췄다. 생각에 잠겨 걷다보니 너무 앞서 가버린 것이었다. 내가 길을 되돌아가려고 하자 도로시가 손을 휘휘 저었다.

아니. 돌아올 건 없고. 조금만 천천히 가.

나는 도로시가 가까이 올 때까지 기다렸다. 도로시가

손수건으로 땀을 닦으며 말했다.

　처음 아니다.

　뭐가?

　내가 너한테 천천히 가라고 말한 거.

　유희주와 유희준.

　이름 순으로 줄을 세우면 앞뒤로 놓이는 나와 도로시는 신입생 오리엔테이션에서 같은 조에 속했고 금방 친해졌다. 우리는 《오! 나의 여신님》이나 《호텔 아프리카》, 자우림과 X-Japan, 기무라 타쿠야와 레오나르도 디카프리오, 그 밖의 여러 관심사를 나누며 밤 산책을 하고 인문관 옥상에서 맥주를 마셨다. 남학교만 다녔던 내게 그런 것들에 애정을 드러낼 기회는 단비 같았다. 도로시도 크게 다르지 않다 했고 우리는 대학에 다닌 지 한 달도 되지 않아서 단짝 친구가 되었다. 게다가 우리는 동향. 대학에서 고향이 같은 동기를 만나는 일은 있을 법한 일이면서도 신기한 일이어서 지독히도 눈이 내리지 않던 C시에서의 기억을 공유할 수 있었다. 각자의 것이지만 공동의 것이기도 한 기억을 나누는 일은 소중했다. 그 기억이 좋은 것이든 나쁜 것이든.

선배와 동기들은 우리를 먹잇감 비슷한 것으로 봤다. 도로시와 내가 성급하게 연애를 하고 얼마 안 가 헤어지는 그림을 보고 싶어 했다. 잘됐으면 좋겠다(짝!), 잘됐으면 좋겠다(짝!), 이미 잘 된 것 같다! 그런 소리를 호프집이나 과방에서, 그것도 모자라 대운동장 옆의 도로에서까지 들었다.

커플 연성을 저 따위로 하다니.

도로시는 혀를 끌끌 찼다. 재수와 삼수를 거쳐 동기로 입학한 형들이 나를 따로 불러 상담까지 해줬다. 어떻게 하면 도로시를 가질 수 있는가. 도로시의 마음을 녹일 나의 매력은 무엇인가. 그들은 도로시와 나에 대한 분석을 끝냈다고 했다. 스무 살 여자애 마음이야 손바닥 안처럼 훤하지. 자기들만 믿으라고 했다. 그 형들은 기숙사 룸메이트로 지내면서 픽업 아티스트라고 자처하는 이들이 인터넷에 흩뿌려 놓은 글을 탐독했다. 이거 되는 거냐? 진짜 이렇게 하면 되냐? 그들은 궁금증을 풀기 위해 나를 모르모트로 쓰려고 했다. 어쨌든 그들이 내놓은 전략이라는 게 너무 황당하다 못해 재미가 있을 정도여서 귀 기울여 들었다. 물론 아무짝에도 쓸모는 없었다.

하지만 얼마 지나지 않아 나는 진짜 연애 상담을 원하

게 되었다. 교양 과목이었던 '유럽 문학의 이해' 강의에서 마음을 흔드는 사람을 발견한 것이었다. 3월 셋째 주, 프랑스어 전공이었던 그녀가 보들레르로 발제를 했고 나는 정확히 2주 뒤에 이런 말을 했다.

마음에 악의 꽃이 피려고 해.

정문 앞의 분식집에서 새우볶음밥과 라볶이를 나눠 먹던 중이었다. 영화와 만화에 나오는 어지간한 대사에는 끄떡도 하지 않던 도로시도 그 순간에는 뜨악한 표정을 했다. 뭐라는 거야 대체…… 그런 표정이었다. 내 말에 딱 어울리는 반응이었다.

그러니까 악의 꽃이라는 건…… 당연히 설명할 수 없었다. 그게 뭔지 나도 몰랐으니까. 그저 그녀의 입에서 그 말이 프랑스어로 발화될 때 내가 느낀 감정만이 선연했다. 그걸 도로시에게 온전히 전달할 방법이 떠오르지 않았다. 나는 아주 구구절절한 부연을 해가며 내가 '무려 사랑에 빠졌다(!)'는 것을 표현했다. 도로시는 무가치한 정보가 많이 포함된 내 이야기를 끈기 있게 들어주었다.

내가 실전은 중학교 때가 마지막이라서…….

도로시는 그렇게 말하면서 생각에 잠긴 얼굴을 했다. 그러다 갑자기 눈과 입을 동그랗게 모으고 오른 주먹으로 왼 손바닥을 쳤다. 도로시는 나를 학군단 뒤편의 공터로 데려갔다. 거기에는 텔레토비 동산이라 불리던 용도 불명의 작은 언덕이 있었다.

여기서 좋아하는 사람 이름을 말하면서 굴러 내려가면 사랑이 이루어진대.

도로시의 말에 나는 코웃음을 쳤지만 10분도 지나지 않아 그녀의 이름을 외치며 구르고 있었다. 모로 누워서 가슴에 팔을 딱 붙이고 데구르르르, 구르는 동안 다섯 번은 외칠 수 있을 것 같던 그녀의 이름은 출발할 때 한 번 외친 다음에는 으그그극, 비명도 아닌 이상한 소리로 바뀌었다. 세 번을 해봐도 마찬가지였다. 그러는 동안 도로시는 나와 함께 굴러주었다.

내 고백은 거절당했다. 나는 도로시에게 전화를 걸어 술을 마셔달라고 졸랐다. 도로시는 과외를 하는 중이니 한 시간만 기다리라고 했다. 빨리 와……. 답을 보내고 혼자서 술을 먹었다. 도로시는 삼십 분 만에 왔다. 이미 반쯤 취해 있던 나는 두 시간 후엔 엉망이 됐다. 나는 혼자 듣기 아까울 정도였다는 부끄러운 말들을 고래고래 부르짖으며 호프집 뒤의 농로를 달렸다.

천천히 가.

도로시는 그렇게 말하면서, 웃음을 터뜨리면서, 내 뒤를 열심히 따라왔다. 다음 날 도로시는 내가 그 일을 기억 못 하는 줄 알고 놀려댔지만 사실 나는 다 기억했다. 그래서 더 부끄러웠다. 그럼에도 기억 안 나는 척, 모르는 척하며 도로시를 마주 볼 수 있었던 건, 쟤 저러다 자빠지면 약도 없는데, 걱정해 주던 도로시의 목소리를 기억하고 있어서였다.

이십분 정도 걸으니 쉼터가 나왔다. 도로시는 칠이 벗겨진 평행봉에 기대어 있는 훌라후프를 잡았다.
내기 한판 하자.
도로시는 훌라후프에 몸을 넣었다.
무슨 내기?
나의 물음에 도로시가 눈짓으로 내 뒤를 가리켰다. 돌아보니 컨테이너 박스로 만든 매점이 있었다.
나부터 한다?
도로시가 훌라후프를 한 바퀴 돌린 순간에 나는 패배를 직감했다. 하나 둘, 하나 둘. 도로시는 제 몸집보다 한참 큰 훌라후프를 리드미컬하게 돌렸다. 훌라후프는 커도 너무 컸다. 허리 살이 빠지는 게 아니라 허리가 부러지는 게 아닐까 싶을 정도였다. 그런데도 도로시는 균형을 잘 유지했다. 도로시가 스무 개를 넘겼고 나는 세 개 만에 실패했다.

도로시는 콧노래를 부르며 매점 문을 열었다. 졸고 있던 주인이 화들짝 깼다. 놀란 게 민망했는지 옆에 뒀던 파리채를 대충 휘둘렀는데 파리가 잡혔다. 흠, 하고 짧게 숨을 내쉰 그가 짓이겨진 파리를 손가락으로 튕겨냈다. 뭘 먹고 싶은 마음이 가셨다. 아이스크림이나 하나씩 사서 나갔으면 했는데 도로시는 컵라면을 골랐다.

점심 안 먹었어?

내가 물었다. 도로시는 고개를 끄덕였다. 어쩔 수 없나. 그럼 물만 받아서 나가자고 말하려 했는데,

여기서 끓여서 잡수시지?

주인이 말했다. 주인은 파리채로 나무식탁을 가리켰다. 가스버너가 놓여 있었다. 도로시는 컵라면을 놓고 봉지라면 두 개를 집었다.

물이 끓는 동안 나는 냄비 안을 유심히 들여다봤다. 혹시 뭐라도 떠다니진 않는지 걱정이 됐다. 하지만 매점 내부가 어두침침한 탓에 잘 보이지 않았다. 내가 그러거나 말거나 도로시는 라면봉지를 깨끗하게 뜯고 스프도 깔끔하

게 털었다. 면발을 반으로 쪼개서 냄비에 넣고 라면봉지는 네 번 접어서 스프 봉지 속에 넣었다. 도로시의 습관이었다. 이렇게 쏙, 넣으면 기분이 좋아져. 쏙,이라는 말이랑 이것만큼 잘 어울리는 게 세상에 또 없지. 도로시가 예전에 했던 말이 떠올랐다. 그사이에 주인이 슬쩍 다가와서 그릇을 놓고 갔다. 깨뜨린 달걀 위에 채 썬 파가 올라가 있었다. 도로시는 그걸 라면에 넣고 불을 한번 세게 올렸다가 냄비가 넘치기 직전에 껐다.

먹자.

도로시가 면기에 면발과 국물을 가득 담아 내 앞에 놓았다. 속절없이 맛있어 보였다. 한 젓가락 먹었다. 왠지 힘이 솟고 매점 안이 밝아 보였다. 나는 열심히 먹고 있는 도로시를 봤다. 너의 라면은, 정말.

도로시의 라면을 처음 맛본 것은 고백에 실패하고 아주 작위적으로 방황하던 때였다. 도로시는 하루가 멀다하고 술만 찾는 나를 매번 상대해 주었다. 결국 어느 날엔가 블랙아웃이 되었고 도로시는 자기보다 20cm는 더 큰 나를 자기 방으로 데려가 재워주었다. 다음 날 아침밥이 도로시가 끓여준 라면이었다. 그 후로 나는 일주일에 두세 번씩 라면을 사 들고 도로시의 방에 갔다. 누가 보면 오해하기 딱 좋았고 실제로 이상한 소문이 돌기도 했다. 그게 전혀 신경 쓰이지 않았다면 거짓말이었겠으나 그런 말들에 휘둘려 버리면 내가 잃는 게 너무 많았다.

라면도 라면이었지만 도로시의 방에는 눈이 뒤집힐 정도로 재밌는 게 잔뜩 있었다. 도로시가 용돈을 쪼개가며 모았다는 만화책과 CD들, 하드디스크를 꽉 채운 영화와 게임들. 거기에 나의 축제 기간 끝물의 몰염치까지 보태 누가 뭐라 하든 도로시의 방에 갔다. 우리가 떳떳한데 뭐! 그런 생각을 했다. 무엇보다도, 도로시가 나를 성애의 대상으로 생각하지 않을 거라는 확신이 있었다. 내가 블랙아웃 되었던 날에 있었던 소동 때문이었다.

극심한 두통을 느끼며 잠에서 깼을 땐 아직 새벽 네 시도 안 된 시간이었다. 나는 흩어진 기억을 조합해 내가 누워 있는 곳이 도로시의 집임을 알아냈다. 도로시는 창고로 쓰던 좁은 방에 나를 넣어두었다. 벽을 더듬어 불을 켜고 앉았다. 눈이 빛에 적응하고 나서 그곳이 빈방이 아니라는 걸 알게 됐다. 다른 계절의 옷들이 걸린 행거와 통기타, 귤이 가득 담긴 박스가 있었고 좁은 벽면에 신문지로 덮어 놓은 책들이 보였다. 나는 무릎으로 기어가 신문지를 걷었다. 소설과 만화들이었고 표지와 제목이 심상치 않았다. 나는 조금 떨리는 마음으로 한 권을 골라 읽기 시작했다.

이게 뭐야.

얼마 읽지 못하고 책장을 덮었다. 가슴이 두근거리고 마음이 출렁였다. 도로시가 고이 쌓아둔 책들은 흔히 야오이(やおい)라고 일컫던 BL(Boys' love)물이었다. 말로만 들어봤던 이야기들을 직접 보니 충격이 컸다. 책에서 최대한 멀리 떨어져 숨을 골랐다. 옆에 있던 박스에서 귤을 하나 꺼내 먹었다. 실온에서 썩기 직전이었던 귤은 설탕보다 달았다. 마음이 조금 진정되었고 책의 다음 부분이 궁금해졌다. 내가 왜 이러지. 그러면서도 다시 읽기 시작했고 어느 순간부터는 거침없이 읽어나갔다. 도로시가 방문을 열었을 때는 완전히 몰입해서 노크 소리도 듣지 못했다. 말도 안 나오게 야한 장면들에 숨이 막힌 건 둘째 치고 그 장면까지 도달하는 과정에서 인물들이 느끼는 감정이 고스란히 전해졌다. 그것은 당시의 내가 성욕 해소를 위해 봤던 AV와는 근본적으로 달랐다. 그 책속의 인물들은, 그게 무슨 말이었든, 대화를 했다. 그 말들은 그들뿐 아니라 내게도 중요해질 것 같았다. 아이고 저런, 아앗 안 돼. 속으로 말하며 몇 권의 책을 휙휙 읽었다.

으악!

도로시가 비명을 질렀다. 문을 쾅 닫은 도로시는 문 앞에서 뭐라뭐라 소리를 질렀다. 말이 되도록 이어보면 나를 그 방에 재우는 게 아니었다는 후회였다. 도로시를 진정시키기 위해 밖으로 나가려 했는데 도로시가 문을 막고 앉아 있었다. 나는 나가는 걸 포기하고 문을 바라보고 앉았다. 우리는 한동안 그러고 있었다. 먼저 입을 뗀 건 도로시였다.

얼마나 본 거야?

나는 내가 본 것들을 말했다.

하, 씨발……

또 침묵. 도로시가 목소리를 가다듬고 말했다.

그래. 봐서 알겠지만, 나 동인녀야. 후조시.

후조시. 腐女子. 썩은 여자. 그 말은 그들이 스스로를 자조하고 자학하는 방식으로 만든 별칭이었다.

후조시는 후조시인 걸 감춰야 해. 그게 의리라고. 들키는 건, 동지들에 대한 배신이야.

해가 완전히 떠서 반투명 창으로 빛이 쏟아져 들어왔다. 방안에 떠다니는 먼지들이 보일 만큼 환한 빛이었다. 빛이 먼지에 닿자 처음 보는 것 같은 색들이 나타났다가 눈을 깜빡이면 사라졌다. 마음이 아팠다. 좋아하는 것을 감춰야 해서 혼자 사는 집에서조차 책들을 창고에 숨긴 도로시가 안쓰러웠다. 내가 그걸 허락도 없이 본 것이었다. 그래서 사과를 했다. 하지만.

멈출 수가 없었어. 이렇게 재밌는데 어떻게 안 봐.

문밖에서 도로시가 자세를 고쳐 앉는 소리가 났다.

재밌었다고?

응. 나 완전 울면서 봤어.

문이 천천히 열렸다.

그래도 어디 가서 이야기는 하면 안 된다.

말하는 도로시의 눈가가 촉촉했다. 나는 고개를 크게 끄덕였다.

라면 먹고 갈래?

도로시가 라면을 끓이는 동안 방을 구경했다.

또 놀러 와도 돼?

내가 물었다. 도로시는 나를 빤히 보다가 말했다.

안 될 건 뭐야. 정체도 들킨 마당에. 기왕 이렇게 된 거 너도 좀 푹 썩혀야겠다.

도로시의 말투에는 내가 자기에게 다른 마음을 갖게 될 리가 없다는 확신이 담겨 있었다. 누가 이런 나를 사랑하겠어. 그런 생각. 마음 아픈 일일 수도 있었지만 그러는 것도 도로시에 대한 편견 같았다. 그냥 상상했다. 도로시가 온 마음을 쏟을 남자의 외모를. 세상에 없을 미소년, 죽었다 깨도 못 만나 볼 달콤한 남자. 캔디 보이이자 초코레토 쇼넨. 도로시는 그런 사람을 기다리고 있었다.

선이 고운 미소년들을 완상하는 게 삶의 목표라던 대학생 시절의 도로시는 수학 과외, 영어 과외, 주중 야간에 호프집 아르바이트, 주말에는 종일 편의점 아르바이트를 했다. 파리로 떠날 돈을 모으기 위해서였다. 구체적으로 얼마를 벌었고 얼마를 모았는지 알 수 없었지만 그렇게 많은 일을 하며 학교를 다니는 사람은 내 주변에 도로시 뿐이었다. 그러나 나는 도로시가 파리에 가는 것을 보지 못했다. 혹시 내가 모르는 시간 속에서는 꿈을 이루었을까, 궁금했다.

갔지. 내가 파리에도 가고 로마에도 가고 스톡홀름까지 갔지.

도로시는 밝게 웃었다. 여기저기 많이도 다녔네. 좋은 데 취직했다더니 돈을 잘 버는구나. 나는 부러움을 감추고 물었다.

좋든?

말해 뭐해. 천국이었다. 난 있잖아, 다음 생에는 한국에서 절대 안 태어날 거야.

그럼 어디?

이탈리아 남부. 존버한다.

그러면서 도로시는 근래에 봤던 잘생긴 남자 이야기를 해주겠다 했다. 스트레스가 극했던 날, 회사 앞 오마카세에서 본 셰프였다. 티모시 샬라메를 닮은 남자였다. 깊은 눈과 작은 얼굴에 아름답게 각이 진 하관, 보기 좋은 털이 자라 있고 근육이 잘게 갈라진 팔뚝까지. 그의 황홀한 자태를 눈으로 보고도 믿을 수 없었던 도로시는 집으로 돌아가자마자 티모시 샬라메의 필모그래피를 훑었다. 『콜 미 바이 유어 네임』의 엘리오가 그와 가장 비슷했다. 불면 날아갈 듯, 안으면 바스라질 듯, 입 맞추면 녹을 듯한 그의 얼굴을 보기 위해 도로시는 일주일에 두 번씩 식당에 갔다. 완전 예약제 식당인데다 인기가 많아서 틈날 때마다 캐치테이블을 확인해야 했다. 자리가 났다 하면 고민하지 않고 예약을 걸었다. 가격은 15만 원. 운 좋으면 주에 세 번도 갔으므로 매달 나가는 돈이 어마어마했다. 하지만 도로시에게 돈은 문제가 아니었다. 할 수 있다면 매일 가고 싶었다. 엘리오를 닮은 남자가 섬섬옥수로 회를 뜨고 초밥을 쥐는 모습은 그야말로 장관이고 절경이었다. 우니를 추가하거나 샴페인을 미리 주문하면 그와 몇 마디 더 나눌 수 있다는 걸 알게 된 도로시는 돈을 더 쏟았다. 용기를 내어 샴페인을 권했을 때 그는 눈을 맞추며 잔을 부딪쳤다. 샴페인을 넘기는 그의 크고 동그란 목젖과 감사합니다, 말할 때의 묵직하고 쫀득한 저음. 도로시는 세상을 다 가진 기분이었다. 고백을 하거나, 그 비슷한 거라도 할 마음은 없었다. 당연하지. 그건 도로시의 사랑법이 아니었다. 엘리오가 입에 넣어주는 초밥을 오래오래 먹을 수 있으면, 그걸로 충분했다. 영원한 건 없다지만 그래도 오래도록. 그러나 행복은 짧았다. 엘리오가 작별인사도 없이 일을 그만둔 것이었다. 이직을 한 거냐, 어디로 갔느냐, 엘리오의 동료에게 물었으나 돌아온 대답은 그가 아예 회칼을 놓았으며 이유는 모른다는 것이었다.

다행이었는지도 몰라. 좀 더 갔으면 예금 하나 헐 뻔했잖아. 아름답게 끝난 거지.

응? 아름답게? 밥 먹는데 세 달 동안 사백을 썼는데?

덕질엔 후회는 남기지 않아. 남는 건 추억뿐.

도로시는 활짝 웃었다. 정말 여전하구나. 나는 그게 좋다고 생각하면서도 걱정되었다. 내가 그러거나 말거나 도로시는 씩씩하게 앞장서서 걸었다. 도로시가 말했다.

여기 꼭 다람쥐길 같지 않아?

2

다람쥐길이라면 우리 학교에도 있었다. 전국 곳곳의 캠퍼스에 있다는 그 길. 함께 걷던 사람들이 다람쥐를 보면 커플이 된다는 길. 나는 이 세상에 얼마나 많은 사람들이 쉬지 않고 사랑을 꿈꾸는지 헤아려보면서 도시전설 같은 그 이야기를 마음에 담았다. 날씨가 좋으면 도로시와 이어폰을 나눠 끼고 그 길을 걷곤 했다. 장나라의 「사랑하기 좋은 날」을 자주 들으면서였다. 다행인 건지 당연한 건지 우리가 다람쥐를 본 적은 없었다. 아니, 혼자서도 못 봤다. 졸업할 때까지 한 번도.

그 이름이 무색하게 다람쥐길에는 청설모가 많았다. 청설모를 보면 사랑에 실패한다고 했다. 보이지 않는 다람쥐와 너무 많은 청설모. 그것은 내게 사랑에 대한 은유처럼 들렸다. 소문에는 청설모가 다람쥐를 죄다 잡아먹어서 그런 거라 했다. 나는 그 이야기도 사랑에 관한 진실 같다 생각했고 놀라운 소식을 전하듯이 도로시에게 말했다.

그게 말이 돼?

도로시의 반응은 시큰둥했다.

청설모가 다람쥐를 왜 죽여. 죽이면 사람이 죽이겠지.

도로시가 손에 들고 있던 과자를 쪼개 잔디에 던졌다. 어디선가 달려나온 청설모가 과자를 물고 사라졌다. 동원 선배는 그때 나타났다.

후배님들 안녕?

선배는 프리지아처럼 고운 노란색 니트를 입고 있었다. 나는 엄두도 못 낼 색깔이었지만 선배에게는 잘 어울렸다. 선배는 작은 얼굴에 널찍한 어깨, 하얀 피부와 속쌍꺼풀이 있는 눈을 가진, 미소년이었다. 그는 미대 여신 정아름과 커플이었다. 〈대학내일〉에 들어갈 화보를 찍으며 친해졌다는 두 사람의 연애 이야기는 학교 BBS에 종종 올라왔다. 익명의 게시자가 쓴 극적이고 아름다운 그 글의 애독자였던 나는 그들의 사랑이 이루어지길, 그들이 꼭 결혼까지 골인하기를 바랐다. 캠퍼스 커플에서 시작해 부부로 완성되는 과정이 당시의 내겐 결점 없는 사랑의 서사였다. 그들의 사랑은 나의 로망이었다.

그런데 당신이 왜 여기에? 이 위험천만한 길에는 무슨

일로? 내가 유치한 생각을 하는 사이에 선배는 도로시의 손에 종이 한 장을 쥐여주고 갔다. 벚꽃처럼 화사하게 웃으며 멀어지는 선배의 뒷모습은 《카드캡터 체리》의 도진 선배를 떠올리게 했다. 선배가 주고 간 것은 조악하게 인쇄된 현대문학답사 홍보 전단이었다. 도로시의 다른 손에는 막대 사탕이 들려 있었다. 이걸 주려고 우릴 따라온 거였구나. 그런데 나는 왜 안 줘? 생각하면서도 선배가 길을 벗어날 때까지 청설모를 보지 않기를 바랐다.

그딴 미신을 너만큼 믿는 사람도 없을 거야.

도로시는 비웃었다. 선배가 청설모를 봤는지 아닌지 알 수 없었지만 그는 정말로 애인과 헤어졌다.

그리고 나와 도로시는 현대문학답사에 참가했다. 제안은 도로시가 했다. 코스에 바다가 포함된 유일한 분과라는 게 이유였다. 나는 믿지 않았다.

동원 선배 때문에 가는 거면서.

뭐래니?

선배 잘생겼잖아.

진짜 뭐라는 거야.

부끄러워하긴. 나는 흐뭇해하며 기회만 오면 선배와 도로시 사이에 오작교를 놓으리라 마음먹었다. 내 실연의 아픔을 위로해 줬던 도로시를 위해 그 정도 일은 얼마든지 할 수 있었다. 그런데 웬걸, 일은 내가 노력할 필요도 없이 쉽게 풀려갔다. 하루 동안 면밀히 관찰한 바 동원 선배는 도로시에게 관심이 있었다. 그걸 어떻게 확신했냐면, 학습의 효과였다. 도로시의 방에서 탐독했던 BL 속 남자들의 손짓, 눈빛, 말투, 그런 것들이 선배의 몸을 거쳐 도로시를 향해 발산되고 있었다. 도로시, 너도 보이지? 내 가슴이 다 뛰었다. 그 문제에 대해 도로시와 단둘이 이야기하고 싶었지만 도무지 짬이 나지 않았다. 1박 2일 동안 군산과 김제를 도는 일정에 쉴 틈이란 없었다.

숙소는 변산해수욕장 근처의 펜션이었다. 바다는 밤의 어둠에 잠겨 있었다. 피서객이 오려면 아직 한두 달 정도 남은 때여서 불빛도 사람도 없었다. 검은 바다만이 현실 바깥에 존재하는 생명체처럼 일렁였다. 버스에서 내려 처음 본 풍경이 그런 것이어서 나는 왠지 모를 불안감을 느꼈다. 그것에 대해서도 도로시와 이야기하고 싶었지만 숙소에서의 일정은 빡빡했다. 숙소로 흩어져서 짐을 풀고 옷을 갈아입은 다음 큰 거실이 있는 남자 숙소로 한 시간 뒤에 집합, 그 다음은 중간 보고회를 가장한 술자리였다. 술을 먹고 게임을 하고 또 술을 먹고 해변에서 불꽃놀이를 하는 동안 동원 선배는 도로시 가까이에 머물면서 말을 걸고 술을 줬다. 게임에서 진 도로시를 대신해 흑기사를 자처하기까지 했다. 선배는 거침이 없었다. 뭘 잘 모르는 내가 봐도 역효과를 불러올 위험이 있는 노골적인 애정 공세였다. 정말로 그건, 공격이었다. 하지만 분위기는 뜨거워졌다. 행동의 주체가 다름 아닌 동원 선배였으므로. 선배는 복학생이었고 현대문학분과장이었고 인문대 꽃돌이였고 학교 홍보 모델이었고 그러므로 그 술자리의 왕이었다.

도로시가 간택이라도 받은 분위기였다. 시간이 갈수록 도로시는 불편한 기색을 감추지 못했다. 이 새끼가 대체 왜 이래. 그런 말을 하고 싶은 표정이었다. 하지만 아무도 도로시가 어떤지는 신경 쓰지 않았다. 관심을 받는 건 오로지 동원 선배의 말과 행동이었다. 약간 충혈된 눈이 풍기는 나른한 무드, 거기에 더해지는 거침없는 추파. 선배는 확실히 매력적이었지만 도로시에게는 아니었다. 그곳의 모두가 도로시를 괴롭히고 있었다. 그때서야 정신이 좀 들었다. 이건 도로시를 위하는 일이 아니야.

라면 드실 분?

용기를 내서 말했다. 시간은 열두 시를 지나고 있었고 바닥에는 술병이 뒹굴었다. 모두가 라면을 반겼다. 나는 도로시에게 눈짓을 했다. 도로시가 나를 따라서 일어났다. 우리는 주방에서 물을 한 잔 마시고 라면 봉지를 뜯었다. 그렇게 겨우 둘이 있게 되었다. 나는 오해를 사과했고 도로시는 말없이 면발을 툭툭 부수고 봉지에 남은 자투리를 입에 털어넣었다. 라면은 잘 익었다. 냄새를 맡은 사람들이 거실에서 라면! 라면! 환호성을 질렀다. 다들 맛이 간 것처럼 보여서 좀 무서웠다. 라면에 넣을 달걀을 깨고 있는데 동원 선배가 주방에 들어왔다. 그새 술을 더 마셨는지 얼굴이 좀 더 붉어졌고 숨소리가 거칠었다.

아휴, 어지러워.

고양이처럼 코를 찡긋거리며 눈을 감은 선배는 도로시의 어깨에 자신의 턱을 걸쳤다. 도로시의 얼굴 왼쪽 면과 선배의 얼굴 오른쪽 면이 맞닿았다.

음, 냄새 좋다.

선배는 풀린 넥타이처럼 도로시의 몸 안쪽으로 고개를 더 묻었다. 취한 건지 취한 척하는 건지 알 수 없었지만 왠지 아침이 되면 기억이 안 난다고 할 것 같았다. 여전히 잘생긴 얼굴이었지만 주먹으로 한 대 치고 싶어졌다. 도로시는 침착했다.

많이 취하셨어요, 선배.

말하면서 몸을 빼내고 선배와 마주섰다. 나는 한발 떨어져서 두 사람을 봤다. 선배가 도로시에게 한 걸음 다가갔다. 도로시는 한 걸음 물러섰다. 도로시의 뒤는 가스밸브가 있는 벽이었다. 밸브가 도로시의 등을 누를 때까지 선배는 계속 다가갔다. 도로시의 귓속에 무슨 말을 속삭였다. 도로시가 두 눈을 질끈 감았다. 뭔가를 꾹 참아내는 얼굴이었다.

어때? 너도 좋지?

선배는 싱글싱글, 아니 느글느글 웃었다. 그 얼굴은 하나도 아름답지 않았다. 도로시는 감았던 눈을 천천히 뜬 다음 선배를 똑바로 보고 말했다.

입 닥쳐. 이 씨발새끼야.

주방의 분위기가 심상치 않음을 감지한 몇 사람이 가까이 와 있던 참이었다. 동원 선배는 술 기운이 가득하던 얼굴빛을 똑바로 고쳤다.

지금 뭐라 그랬냐?

다음 날 아침, 동이 트자마자 도로시에게 전화를 걸었다. 도로시는 받지 않았다. 30분 뒤에 문자메시지가 왔다. 바닷가에 있음. 밖으로 나가보니 도로시가 모래사장에 앉아 있었다. 새벽 공기가 찼고 바람이 셌다. 도로시가 걸친

얇은 카디건이 펄럭여서 가뜩이나 작은 몸이 날아가 버릴 것 같았다. 보고 싶었다던 바다가 이런 모습이었을까.

괜찮아?

내가 물었다.

괜찮지 않을 건 뭐람.

도로시가 대답했다. 그래 그렇지. 나는 동원 선배가 얼굴을 못 들고 다니게 될 거라 생각했다. 그건 명백한 성추행이었으니까. 본 사람도 있으니까. 그러나 내 생각은 너무 순진한 것이었다. 선배의 행동은 발칙한 주사 정도로 여겨졌고 도로시는 아주 되바라지고 막돼먹은 애가 되었다. 고작 그 정도 일에 그런 심한 말을 하다니. 선배가 도로시에게 한 일은 술김의 실수였고 도로시가 선배에게 한 말은 언어폭력이 됐다. 도로시에게는 별명이 생겼다. 해변의 비치. bitch. 복학생들이 만든 것이었고 변산해수욕장의 쌍년이라는 뜻이었다.

숲길이 끝나자 곧바로 땡볕이 내리쬤다. 도로시는 이마에 손차양을 하고 안내도를 살펴보더니 소싸움 경기장을 가리켰다.

이런 게 있었나?

있었지.

옛날부터 있었다. 잠깐이긴 했지만 소싸움의 인기가 대단해져서 나도 보러 간 적이 있었다. 15년 전이었고 도로시와 만나기 보름 정도 전의 일이었다. 『6시 내고향』에서 우리 지역의 싸움소가 전국을 제패를 했다는 소식이 나온 다음이었다. 나는 고등학교 친구들과 경기장에 갔다. 우리는 돈까지 걸고 본격적으로 관람했다. 그날 경기에 나선 소는 여덟 마리였다. 우리는 크게 한탕을 노릴 심산으로 약체로 분류된 소에게 돈을 걸었다.

뿔을 맞대고 싸우던 두 마리의 소 중에서 한 마리가 뒤를 보이고 도망치면 끝이었다. 전국 각지에서 모인 관중들은 침을 튀겨가며 자신이 선택한 소를 응원했다. 들이받아. 죽여. 조져. 거나해진 얼굴로 고래고래 소리치는 사람들과 함께 친구들도 흥분했다. 내가 돈을 건 소의 이름은 '철수'였다. 철수는 2분 만에 꽁무니를 뺐다. 경기장에 야유 소리와 환호 소리가 뒤섞여 울렸다. 나는 진행요원의 손에 끌려 경기장 밖으로 나가는 철수를 보며 모멸감을 느꼈다.

나약한 새끼.

그런 말을 면전에서 들은 게 불과 몇 주 전이었다. 동기였던가 선배였던가. 그 한마디는 진흙탕에 찍힌 발자국처럼 마음에 남았다. 왜 그 말을 들었는지, 그 말을 한 사람은 그럴 자격이 있었는지, 그 자격은 누가 준 건지, 그런 생각은 해보지도 못하고 나는 정말 왜 이리 약해 빠졌나 고민하고 고민했다.

철수의 머리에서 피가 흘렀다. 나는 매점에 가서 맥주와 오징어를 샀다. 더운 날 낮술을 먹고 금방 취해버렸다. 해방감 비슷한 게 몸에 퍼졌고 친구들의 소를 미친 듯이 응원했다. 얘 오늘 왜 이러냐? 친구들은 나를 의아해하면서도 재밌어했다. 시간은 금세 흘렀다. 우리가 응원했던 소 중에서 챔피언이 나왔다. 우리는 신이 나서 같이 응원하던 아저씨들과 얼싸안았다. 나는 경품 추첨에 뽑혀 쌀 한 포대를 받았다. 그 일은 엄청나게 어색하고 부끄러운 기억이 되었다. 자려고 누웠다가도, 길을 걷다가도, 그날이 떠오르면 몸의 모든 부분이 확 쪼그라져 붙는 기분이 되고 으, 소리가 절로 튀어나왔다. 내가 입대를 한 후에 친구가 그날 찍은 사진을 보냈다. 불콰한 얼굴로 웃는 내가 싫어서 의류대 깊숙한 곳에 넣었다. 군 생활을 하는 동안 사진은 없어졌다. 나는 그게 전혀 아쉽지 않았다.

도로시가 소싸움 경기장을 향해 걸어갔다. 내키지 않았

지만 따라갔다. 문이 닫혀 있었다. 잠정적인지 영구적인지 알 수는 없었다. 검색을 할 수도 있었으나 그러지 않았다. 어차피 다시 오지도 않을 걸 뭐. 도로시는 경기장에는 딱히 관심이 없었다. 도로시가 향한 곳은 노점이었다. 정확히 말해 노점이었던 곳. 아이스박스와 솜사탕 기계가 있고 위에는 파라솔. 밑에는 바퀴가 있는 이동식 노점이었다. 주변에 살아서 움직이는 건 우리뿐이었다. 지구의 끝, 세상의 마지막 날에 도착한 것 같았다. 도로시는 솜사탕 기계를 구경했다.

이거 되는 건가?

혼잣말을 하더니 내게 이리 와보라 손짓을 했다. 작은 파라솔 아래에 우리는 나란히 섰다. 거기에서 보니 경기장이 몹시도 쇠락해 보였다. 늙은 소처럼 크고 오래된 건물. 그 위로 구름이 천천히 흘렀다. 파라솔이 아주 조금씩 돌아갔다.

저게 저대로 아주 오래, 무너지지 않고 한 천 년 정도. 그렇게 지나면 뭔가 중요한 게 될까?

내가 물었다.

콜로세움 같은 거?

도로시가 대답했다.

그래. 그런 거.

글쎄. 근데 그럼 좋은 거야?

좋을 건 없지.

우리는 잠시 앉아 있었다. 가만히 있으니 땀이 식었다. 약한 바람이 이따금씩 불고 노점이 삐걱댔다. 도로시가 시계를 보더니 끄응, 소리를 내며 일어났다.

이제 어디 앉았다 일어나면 꼭 소리를 내게 돼.

나도 웃, 하면서 일어났다. 투둑. 천천히 모여들던 구름에서 굵은 빗방울이 떨어졌다. 우리는 파라솔 아래에 바짝 붙어 서서 비를 피했다. 빗방울이 닿는 왼쪽 어깨와 도로시와 닿은 오른쪽 어깨의 온도 차이가 확연했다. 경기장 입구의 처마에서 흘러내린 물이 출입금지 표식을 때렸다. 텅 빈 주차장에 깡통이 굴러다녔다. 비는 20분 뒤에 그쳤고 우리는 다시 걷기 시작했다. 정말 천 년 정도 지난 것 같았다.

도로시가 후조시로서 눈을 뜬 것은 열일곱 살 때였다. 친구의 연애를 도와주려다 그 친구에게 절교를 당하고, 자신의 연애를 아버지에게 들키는 바람에 통행금지까지 당한 도로시는 인간사와 애정사에 마음이 식었다. 항복. 작은 방에 자신을 걸어 잠근 도로시는 인터넷으로 뛰어들었고 일본의 서브 컬처와 운명처럼 만났다. 정신을 차려보니 오타쿠가 되어 있었고 BL을 접한 뒤로는 언제나 갈증에 시달렸다. BL을 볼 수 있는 인터넷 카페를 찾아 헤매고 우회 접속으로 일본 계정의 사이트에 들어가는 수고를 마다하지 않았다. 학교에서 비슷한 친구들과 서로를 알아보고 정보를 공유할 수도 있었지만 도로시는 그러지 못했다. 전형적이라 할 정도로 가부장적인 가풍과 대대로 이어져 온 종교의 영향 속에서 욕망을 감추어야 했기 때문이다. 도로시가 후조시라고 생각한 친구는 없었다. 누구에게도 그 사실을 들키지 않았다는 건 놀라운 일이었다. 둘이서 집에 있을 때면 욕정이 덕지덕지 붙은 말들을 마구 쏟아내던 도로시였으니까. 도로시는 일반인 코스프레에 있어 장엄한 경지에 오른 후조시였다.

여동생 셋에 막내가 남동생인 장녀가 나야. 광기의 화신이지.

광기. 도로시는 자신의 성향을 그렇게 정의했다. 그건 후조시들이 자신들의 정체를 명명할 때와 같은 뉘앙스의 말이었다. 도로시의 광기는 대학에 입학하면서 폭발했다. 자취방에 애니 타이틀과 만화책, 그래픽노블을 그러모았다. 도로시의 방에는 일주일 단위로 상당한 양의 택배가 도착했다. 상자를 함께 뜯으며 그 주에 산 것들이 뭔지 설명을 듣는 일은 내게도 꽤 재미있었다.

도로시는 지역의 동인 모임에도 나갔다. 정모에 다녀오면 한 며칠을 발그레한 얼굴로 들떠 지냈다. 영혼이 고양된다고 했던가. 자신을 옭아매는 무형의 구속구를 벗어던지고 상식과 질서에 반하는 이야기에 전력을 다하는 기쁨. 도로시는 일본에서 직구로 산 최애 캐릭터의 등신대를 보며 행복해했다. 그렇게 고삐가 풀린 도로시는 급기야 드림(dream)러가 되기에 이르렀다. 후조시들에게 있어 마의 영역이자 금단의 열매 같은 것. 2차원의 가상과 3차원의 현실 어딘가에 최애를 두고 그의 애정 전선에 진심 다해 뛰어드는 이들이 바로 드림러였다. 도로시는 야구부 주장과 지독하게 얽힌 열일곱 소년을 짝사랑하는 매니저 소녀로 자신을 포지셔닝했다. 소년의 생일을 챙기고 소년이 신을 만한 야구 양말을 벽에 걸었다.

그런 도로시가 동인 모임에 다녀온 뒤 울며 전화를 한 적이 있었다. 최애가 나오는 애니의 실사판 영화를 감상하러 간 날이었다. 한국에 정식으로 수입될 리가 없는 작품이어서 모임원들이 엄청난 돈과 시간을 쓴 끝에 파일을 구했다는 것이었다. 도로시는 단정하게 차려 입고 최애에게 줄 선물까지 사서 갔다. 그러나 영화는 도로시의 마음을 갈가리 찢었다.

솔직히 걱정이 되지 않았던 건 아냐.

도로시는 눈물을 훔치며 말했다. 영화는 애니의 서사 구조를 크게 건드리지 않았고 배우들의 연기도 좋았다. 문제는, 도로시의 최애가 여성이 된 것이었다. 그러니까 소년들의 격정 로맨스가 흔한 헤테로 서사가 되어버렸다는 것.

섹스 신은 바라지도 않았어. 그냥 걔가 나랑 조금 더 가까운 세상에서 행복해하는 걸 보고 싶었던 건데······.

나는 도로시의 이야기를 들으며 내가 드림러에 대해 오해하고 있었음을 깨달았다. 드림러의 사랑은 최애를 차지하는 것이 아니라 지켜주는 것으로 완성되었다. 내 가슴 실패한 짝사랑으로 무너지더라도 너의 사랑을 응원한다. 주장은 널 거칠게 다루지만 그가 너의 사랑이라면······. 그러므로 도로시는 실사 영화에서 최애가 주장의 품에 안겨 사랑이라는 황홀에 몸을 던지는 모습을 생생하게 보길 원했다. 그렇게 함으로써 그를 마음속에서 온전히 보내줄 준비를 한 것이었다.

우리는 최애랑 야릇해지는 상상을 하다가도, 나는 고추

가 없는데 어떡하지. 미안해서 어쩌나. 그런 생각을 해. 그런데 어쩜 그럴 수가 있어. 우리한테 어떻게 그래?

도로시는 새벽까지 펑펑 울었고 분을 이기지 못해 깡소주를 들이켰다. 그리고 그날 이후, 도로시는 직접 소설을 쓰기 시작했다.

선배가 가르쳐줘요.

그것이 소설의 제목이었다. 남자고등학교 관악부의 3학년 부장인 M과 1학년 신입부원 H가 각자 공攻과 수受를 맡아 미친 사랑의 파도에 휩쓸리는 메인 스토리에 M이 전 남친 C에게 흔들리며 일어나는 질투와 갈등, M의 자기 파괴적 성향을 설명하는 용도로 들어간 가정 폭력 서사, H를 정서적으로 지지하는 이성친구 J와의 우정……. 이 내용들이 더해진 원고지 700매 분량의 소설이었다. 도로시는 박카스와 레쓰비를 몸에 때려 넣다시피하며 열흘 만에 원고를 완성했다. 동인 모임에 가져가기 전에는 내게 먼저 읽혔다. 소설은 지금껏 봐왔던 BL물들과 비교해도 큰 부족함이 없었다. M이 처음으로 H의 벨트를 풀고 키스를 퍼붓던 도서관 장면이 나온 50페이지 이후부터는 거의 10페이지에 한 번씩 쏟아지는 섹스 신의 묘사도 아주 섬세했다. 인물들의 감정이나 소도시의 여름 풍경 묘사에도 공들인 태가 났다.

그러나 나는 집중해서 읽지 못했다. 섹스 장면이 이미지가 되어 떠오를수록 몰입이 깨졌다. 사랑의 과정이자 결과, 그리고 다음 단계로 이어지는 다리 역할을 하던 BL 속의 섹스 신이 내게 더는 아름답게 다가오지 않았다. 나는 더 이상 예전처럼 BL을 읽을 수 없는 몸이었다. 마음 속에서 사랑의 모양과 빛깔을 발견했고 그건 도로시가 그려낸 것과는 많이 달랐다.

내가 첫 연애를 시작한 때였다. '유럽 문학의 이해'의 그녀가 별안간 내게 연락을 해왔고 우리는 벼락을 맞은 것처럼 애인 사이가 되었다. 나는 그녀에게 돌진하듯 다가갔고 기말고사 준비를 함께 하던 어느 밤을 함께 보냈다. 이 세계의 폭죽이, 도로시 식으로 말하자면, 이 세카이의 보쿠 치쿠가 모두 나를 향해 터지던 밤. 그건 흡사 축제의 시작 같았다. 그러나 실상은 축제의 끝을 알리는 신호였다. 나는 연애에 몰입하다 못해 함몰되어 옳고 그름과 할 짓 못할 짓을 분간하지 못하고 한없이 지질해졌다. 종국에는 눈물 콧물을 흘리며 이별 노래를 부르는 흉한 구남친이 되었다. 그것은 또 얼마간 시간이 흐른 다음의 일이었다. 짧은 축제의 끝에서 나는 기쁨에 감사하는 마음과 아름다움을 볼 수 있던 눈을, 도로시가 나에게 주었던 귀한 것들을 잃어버리고 말았다.

좋은 것 같아.

도로시에게 원고를 돌려주며 그렇게 말했지만 사실 나는 끝까지 읽지 않았다. 무성의했을 나의 대답에도 도로시는 기뻐하며 모임에 갔다. 소설은 동인들에게 큰 호응을 얻었고 그들의 지지를 받아 커뮤니티에 자유 연재를 하게 되었다. 주 2회, 15매씩 연재를 했는데 그 소설을 읽기 위해 유입되는 사람들이 있을 정도로 반응이 좋았다. 5회 연재를 마친 시점에는 출간 제의가 들어왔다. 신이 난 도로시를 보며 생각했다. 책으로 나온다고? 그 정도였나?

출판사가 어딘데?

축하해. 그 한마디를 못하고 이상한 걸 물어봤다. 도로시의 대답을 듣고, 내가 아는 출판사가 아니어서 안도감까지 느끼는 내가 싫었다.

이것도 좀 봐줘.

도로시가 내게 서류봉투를 내밀었다. 출판사 편집자의 피드백을 참고해서 1차 교열을 한 원고였다. 원고 아래에는 문화상품권 5만 원어치도 꽂혀 있었다. 상품권을 빼서 도로시에게 돌려주며 말했다.

뭐가 많이 바뀌었어?

도로시는 상품권을 봉투에 다시 넣으며 말했다.

아니. 그렇지는 않아.

그럼 굳이 다시 볼 필요가 있을까?

나는 주저하면서 봉투를 받았다.

뭐랄까. 후조시가 아닌 사람의 눈도 필요하니까. 계속 그런 눈으로 읽어줬으면 해.

계속? 먹은 것도 없이 체하는 기분이었다. 아니 어차피 후조시들만 읽을 소설인데 내 눈이 왜 필요해.

말이 턱 끝까지 차올랐다. 나는 서둘러 자리를 떴다. 잔디밭을 가로질러 인문관 건물로 걸어가는 길이 너무 뜨겁고 습했다. 아직 여름이 시작되지도 않았는데. 찐득찐득한 뭔가가 온몸에 들러붙는 것 같았다.

읽긴 읽어야지. 다만 최대한 미루고 싶었다. 며칠이 지나도록 도로시는 문자메시지 하나도 보내지 않았다. 그게 내 마음을 더 무겁게 했다. 학교에 오고가는 길에서도 도로시를 볼 수 없었다. 도로시는 두문불출한 채로 연재를 꼬박꼬박 지켰고 나도 때마다 확인했다. 소설을 쓰는 일이 도로시에게 어떤 의미인지 어렴풋하게나마 알 것 같았다. 마음은 갈수록 무거워졌고 결국 소설을 꺼냈다. '국어

학개론' 수업이 너무 지루해서, 핑계는 그랬지만 그 마음으로만 읽은 것은 아니었다.

수정된 원고는 수위가 더 셌다. 고치거나 추가한 것은 거의 섹스 장면들이었다. 기상천외하달까. 그런 장면도 있었다. 사람이 이렇게도 할 수 있어? 획획 넘겨가며 읽었음에도 절반도 못 보고 포기했다. 이걸 쓰면서 도로시는 어떤 마음이었을까. 그 마음은 내가 아는 것이었을까. 도로시가 낯설어서 슬펐다. 아니 낯설어진 게 나여서 화가 났다. 도로시와 예전 같지 않다는 걸 알고는 있었지만 앞으로도 계속 그럴 거라는 것도 알게 된 순간이었다. 착잡해진 마음으로 밖을 보다가 비가 오네, 생각하면서 창문에 빗방울이 흘러내리는 걸 계속 봤고 깜빡 졸았다. 어느새 수업이 끝났다. 도로시를 생각하다가 졸기나 했다는 것이 한심해서 얼른 강의실에서 나갔다. 도로시의 원고를 강의실에 덩그러니 두고.

원고를 떠올린 건 밤이 깊어서였다. 나는 미친 듯이 달려가 불 꺼진 인문관 문을 두드렸다. 경비원의 눈총을 받으며 강의실을 뒤졌다. 원고는 없었다. 복도의 쓰레기통도 비워져 있었다. 나는 제발 원고가 무심한 누군가에 의해 봉투 채로 버려졌길 간절히 빌었지만 나의 바람은 이루어지지 않았다. 원고는 현대문학분과원의 손에 들어갔고 동원 선배를 비롯한 여러 사람을 거친 다음에 학회장까지 읽게 되었다. 일은 손쓸 틈도 없이 커졌다. 동원 선배와 학회장이 그렇게 만들었다.

그 어떤 연락에도 도로시는 답하지 않았다. 학회장의 최후통첩은 '종강총회에 나온다면 교수님들께는 비밀로 하겠다'였다. 도로시는 총회가 끝날 즈음 나타났다. 임원진이 요구한 것은 공개 사과였다. 너무 하잖아. 사과라니. 누구에게 뭘 사과하라는 거야. 나는 도로시를 돕고 싶었고 응당 그래야 했지만.

감추는 것이 후조시의 의리다.

왜 그때 그 말이 생각났을까? 나는 후조시도 아니면서, 그 말뜻을 제대로 알지도 못하면서. 그런데도 그 말에 기대어 가만히 앉아 있었다. 도로시는 스쳐가는 시선으로도 나를 보지 않았다. 그저 대강의실 뒷면 벽에 걸린 시계만 바라보았다. 무표정한 도로시와 조용한 사람들. 도로시가 강의실에 머문 동안 소란스러운 순간은 없었다. 도로시는 10분 정도의 시간 동안 몇 가지 질문에 짧게 답하고 미리 적어온 것을 읽었다. 만약 몹시 시끄러웠다면, 고성이 오가고 욕설이 난무해서 아주 한바탕 난리가 났더라면 어땠을까? 나는 그런 상황을 걱정했지만 차라리 그랬다면, 내가 도로시에게 무슨 말이라도 해볼 수 있지 않았을까?

도로시는 조용히 떠났고 총회도 끝났다. 그 자리에서 뒤풀이가 시작되었다. 사람들은 돼지고기 수육과 막걸리를 먹었다. 나는 가늘게 떨면서 자리를 지켰다. 그곳을 벗어난들 어디로 가야 할지 알 수가 없었다. 복학생들이 도로시를 안주 삼았다. 수군거리며 웃었다. 불과 몇 분 전까지만 해도 도로시가 자신들을 볼 때 무슨 생각을 했을지 소름끼친다고 말하던 입으로. 그들은 내게도 동의를 구했다. 잔을 부딪혀 오면서, 동질감을 강요하는 웃음을 지으면서. 나는 어색하게 웃고 굴욕감을 느끼며 거기에 있었다.

3

소나기가 온 뒤라 날씨가 후텁지근했다. 나와 도로시는 번갈아가며 더위에 대해 말했다. 덥다, 너무 덥다, 푹푹 찌네, 익을 것 같아. 그런 말들 사이에,

회사를 관뒀어.

도로시의 한 마디가 쑥 들어왔다. 귀찮음과 무료함이

묻어나는 목소리. 기분도 기운도 다 뺀, 별일 아니라는 말투였다.

도로시가 다니던 회사라면,

석 달 전에 만난 선배가 떠올랐다. 그에게서 명함을 받았을 때 도로시도 여기 다닌다고 하지 않았나 생각했다. 결혼을 한다는 동기와 아주 오랜만에 만나는 자리였는데 신부가 아니라 그 선배를 소개해줬다. 성공한 선배라고. 자기랑 아주 친하다고. 와이프 만나는 것보다 이 편이 더 영양가 있지. 와이프는 뭐, 그냥 애기야, 예쁜 애기. 나는 못 본 사이에 애가 좀 구려졌다고 생각했다가, 아닌가 원래 구렸었나. 그래도 졸업 전까지 나랑 같이 점심 먹어 준 건 얘 밖에 없긴 했는데…… 어쨌든 괜히 나왔어, 할 즈음 선배가 도착했다. 선배는 우리 학번 남자들과 축구를 하고 술을 마신 적이 있다고 했으나 내 기억에는 없는 일이었다. 그럴 수밖에, 나는 한 번도 축구를 하지 않았으니까. 적당하고 중요하지 않은 이야기를 대충 주고받던 중에 선배가 도로시의 이름을 대며 물었다.

니들 유희주 잘 아냐?

잘 아느냐고. 대답하기 어려웠다. 그냥 아느냐 묻는다면, 그래 안다고는 할 수 있지. 그러나 진짜 잘 아느냐고 묻는다면, 그건 아니지. 그렇게 된 세월이 굉장히 길어서요. 걔 되게 이상하지 않았나?

동기는 내게 동의 구하는 것처럼 대답했다. 이상한 애. 맞지, 맞는데. 네가 말하는 이상함과 내가 생각하는 이상함은 다르지 싶다. 내가 대답을 하지 않고 있으니 이야기는 더 이어지지 않았다. 나는 그들과 한 시간 정도 더 있다가 먼저 일어났다. 술도 깰 겸 걸어서 집에 갔다. 걷는 동안 도로시를 생각했다. 아까 뭐라고든 대답을 해볼 걸 그랬나? 그랬다면 혹시 도로시가 어떻게 지내는지 들을 수 있었을까? 잠깐 후회를 했지만 그의 이야기에서 지금의 도로시를 얼마나 정확하게 알 수 있었겠나, 생각하니 아쉽지 않았다. 지금의 나는 도로시와 서로의 소식을 모르고 사는 사이. 그건 바뀌지 않을 일. 도로시 이야기를 했어도 마음만 어지러웠을 것이다. 쓸데없는 말을 많이 하거나, 잘 모르는 이야기에 마음 없이 웃어야 했겠지. 집에 도착할 때까지 취기는 가시지 않았다. 마음이 불편했지만 그것도 며칠뿐이었다.

대학 시절에 도로시를 마지막으로 만난 건, 제대를 하고 다시 1년이나 지난 뒤였다. 나는 바로 복학하지 않고 학교 근처에서 아르바이트를 하며 반 년 정도 지냈다. 왜 그랬을까. 당시에는 이유를 설명할 수 있었다. 하지만 돌이켜보면 죄다 이유 같지도 않은 것들이었다. 대충 꾸며낸 말들 뒤에 숨어 도로시에게 연락하지 않고 복학을 했다. 복학 먼저,라는 생각은 적응 먼저,로 바뀌고 수많은 '먼저' 뒤에 도로시는 밀려났다. 대단히 생산적으로 산 것도 아니었다. 그냥 쫓기고 있다는 느낌만 있었다. 뭐가 쫓아오는지 모르고 알려고 노력도 하지 않은 채 마냥 바쁘게 살았다. 내겐 바쁘다는 느낌이, 그렇게 말할 수 있는 상태가 필요했다. 그래야 내가 증명되는 것 같았다. 아주 좁은 시야각으로 막 달리던 시절이었다.

도로시의 소식을 듣게 된 것은 오색 빛깔의 꽃이 만발하던 즈음이었다. 학과 사물실에서 리포트를 복사하던 중이었고 대학원에 진학해서 조교를 겸하던 동원 선배가 친한 척을 하며 말을 걸었다.

이제는 너 같은 복학생들이 좋더라.

선배의 얼굴은 여전히 동안이었고 여전히 웃는 상이었다. 하지만 이젠 잘생긴 것 같지 않았다. 징그러운 뱀 같았다. 그럼 원래는 어떤 애들을 좋아했는데. 선배는 도로시를 봤냐고 물었고 나는 대충 얼버무렸다. 그와 같은 공간에 오래 머물고 싶지 않았다.

한번 만나봐. 걔 더 이상해졌더라.

선배는 그렇게 말하고 또 웃었다. 우리가 재미있는 이야기 하나를 나눠 갖게 되었다고 믿는 것 같았다. 나는 도로시에게 연락하지 않았다. 선배의 말을 듣고 나니 내 마음을 확실히 알 수 있었다. 내가 도로시와의 만남을 두려워하고 있다는 것을. 원고에 관한 일을 제대로 사과하지 못해서는 아니었다. 그러고도 우리는 만났고, 편지를 썼으니까. 그러므로 도로시가 끝내 책을 내지 않은 것에 대한 부채감도 많이 옅어져 있었다. 내가 두려워한 것은 시간이었다. 도로시에게서 마지막 편지를 받은 때로부터 2년이 지난 뒤였다. 언제 만나도 반가운 사이. 우리는 그런 사이가 절대 아니라는 확신. 그것이 도로시를 피하는 진짜 이유였다.

그럼에도 도로시를 만났던 것은 도로시가 연락을 했기 때문이었다. 동아리 대동제를 목전에 둔 때였다. 과외 전단을 붙여놓은 터라 오는 전화를 다 받고 있었는데 모르는 번호에서 익숙한 목소리가 들렸다.

전역했다며? 한번 봐야지.

도로시는 고향에 왔던 그날처럼 말했다. 군대 가냐? 한번 보자. 그런 느낌이었다. 전화를 끊고 연락처 목록에서 도로시를 검색했으나 나오지 않았다. 없어? 번호가 바뀐

게 아니라 아예 없다고? 검색 결과가 없습니다. 그 문장 앞에서 생각했다. 이 관계는 내가 능동적으로 망친 게 아닐까. 망가지는 모든 과정에 나의 무의식이 개입했던 게 아닐까.

나는 도로시를 보러 갔다. 도로시는 다람쥐길에서 쪽문으로 이어지는 인적 드문 장소에서 부스를 준비하는 중이었다. 굳이 그런 곳에 부스를 차린 건 도로시의 동아리가 정식 동아리로 인정을 받지 못해서였다. 도로시가 만든 동아리의 이름은 '쥬네'였다. 후조시 문화의 시발점이 된 일본의 잡지 〈JUNE〉에서 따온 것이었다.

'선배가 가르쳐줘요' 때문에 한바탕 곤혹을 치른 후에 도로시는 1년 정도 사람들을 피해 다녔다. 모자를 푹 눌러쓰고 땅을 보며 빠르게 걸었고 수업을 들을 때는 시작 직전에 와서 가장 먼저 나갔다. 가끔 통화를 했지만 만날 약속은 잡지 않았다. 그랬던 도로시가 고향에 내려오자마자 내게 연락했을 때 나는 조금 안심했다. 예전과 비슷한 옷차림을 하고 밝은 표정으로 나타났던 그때, 도로시의 마음에는 어떤 결심이 서고 있었다.

몸 안에서 나사가 하나 돌아간 것 같아.

무슨 말인지 의아해하는 내게 더 이상의 설명은 생략한

다고 했다. 나는 입대를 했고 도로시는 '쥬네'를 만들었다. 학내 곳곳에 포스터를 붙이고 다니며 회원을 모집했다. 이상한 번호로 인신공격성 메시지가 오기도 했으나 부원은 모였다. 학기가 끝났을 때 가입한 회원은 다섯 명이었다. 그 중에 두 명은 오프라인 모임에 나오지 않았지만 도로시는 충분히 행복했다. 첫 정기모임을 마치고 돌아온 밤에 도로시는 홀로 맛동산에 소주를 마시며 조금 울었다. 나는 죄다 처음 듣는 이야기였다. 왜 편지에 그런 얘기는 하나도 쓰지 않았지? 바람이 불어 나뭇잎들이 쏴, 흔들리는 소리가 났다.

여기 한마디 써.

도로시는 방명록을 내밀었다. 아무 것도 적혀 있지 않은 백지에 무슨 말을 써야 할지 몰라서 떠오르는 대로 적었다. 도로시와 회원들은 내가 쓴 걸 보고 키득거렸다.

이거 가져 가.

도로시가 수제 굿즈를 줬다. 숫자 7이 새겨진 초록색 티셔츠 모양의 키링이었다. 속에 솜을 빵빵하게 넣어서 쿠션감이 좋았다. 한창 BL을 읽던 시절의 내가 응원했던 캐릭터의 유니폼이었다. 바느질로 한 땀씩 그걸 만들었을 도로시가 눈에 선했다. 도로시의 방은 예전 그대로일까. 궁금했지만 그냥 고맙다고만 하고 굿즈를 가방에 넣었다.

도로시는 다람쥐길을 걸어서 나를 배웅했다. 헤어지기 전에는 인문관 뒤편 벤치에 앉아 담배를 피웠다. 내게도 권했으나 받지 않았다. 오늘따라 왜 이렇게 빨리 타냐. 도로시는 혼잣말을 하며 세 대를 연달아 피웠다. 나는 그런 식으로 담배를 피웠다가 의무대 신세를 졌던 이등병 때의 기억이 나서 머리가 지끈거렸다. 도로시는 잘 지낸다고 했고 내게 잘 지내라 했다. 그리고.

다람쥐를 봤다고 했다. 눈이 많이 내리고 난 뒤에 두 마리가 한 방향으로 뛰어갔다고.

정말?

내가 물었다.

그럼. 정말이지.

도로시가 대답했다. 있구나, 다람쥐. 나는 인문관 건물이 햇빛에 반사되는 것을 보며 두통을 가라앉혔다. 그게 도로시와 나의 마지막이었다.

하늘은 언제 그랬냐는 듯 맑게 개었지만 비가 내린 흔적은 땅에 남았다. 절에 들어가는 길 주변으로 물웅덩이가 여기저기 흩어져 있었다. 큰 웅덩이에는 구름이 비치기도 했다. 우리는 길 양쪽으로 떨어져 걸었다. 들풀을 밟으며 절 입구에 다다랐을 때 우리 사이로 작고 검은 것이 빠르게 지나갔다.

- 청설모다!

내가 말했다.

쥐야.

도로시가 말했다. 쥐는 절 입구를 지나 천왕문 앞에서 멈췄다. 우리도 같이 멈췄다. 쥐는 획 움직여서 순식간에 사라졌다. 애초에 있지 않았던 것처럼. 쥐가 있던 곳을 지나 사천왕상이 있는 통로에 섰다. 그곳은 아주 서늘했다. 커다란 눈으로 내려다보는 사천왕들이 어쩐지 무서웠다. 빨리 지나가고 싶었으나 도로시는 합장을 하고 천천히 허리를 숙였다.

절 마당에도 사람이 없었다. 왼쪽에 약수를 담는 거북이 석상이 있었고, 정면에는 사람들의 이름을 적어 꼬리처럼 매단 연등들이 줄지어 걸려 있었다. 도로시와 나는 오른쪽에 있는 탑을 구경했다. 고려시대 때 만들어졌다는 탑은 마모가 심해서 원래 형태를 알아보기가 힘들었다.

힘이 느껴져.

도로시는 탑을 마음에 들어 했다. 내게 탑돌이를 하자 했고 우리는 앞뒤로 서서 탑 주위를 세 바퀴 돌았다. 탑돌이를 끝냈을 때 비구니와 마주쳤다. 도로시가 먼저 합장을 했다. 나도 따라했다. 비구니가 바랑에서 호떡을 꺼내주었다.

 방금 구웠어요. 따끈따끈해.

 호떡은 단맛이 거의 없었지만 무척 쫄깃했다.

 와, 반죽 어떻게 하셨어요?

 도로시가 감탄했다.

 요새 호떡믹스가 잘 나와요.

 비구니가 대답했다. 우리는 다 같이 웃었다.

 소원 성취하세요.

 비구니가 합장을 하고 떠났다. 뒷산으로 소풍을 간다고 했다.

 너무 좋은 말이다. 소풍이라니.

도로시는 또 감탄했고 저만치 멀어진 비구니의 뒷모습을 가만히 지켜보았다. 비구니가 보이지 않게 되었을 때에야 도로시는 대웅전으로 갔다. 도로시가 불전함에 만 원을 넣고 삼배(三拜)를 했다. 두 손을 가슴 앞에 모으고 허리를 숙인다. 무릎을 꿇고 왼발이 오른발 위로 가도록 포갠다. 오른손 다음에 왼손 순서로 바닥을 짚고 몸을 완전히 숙인다. 양손바닥이 천장을 향하도록 뒤집는다. 동작이

물 흐르는 것 같으면서도 절도가 있어서 아, 절은 저렇게 하는 거구나, 저절로 배우게 되었다.

불교를 믿었어?

불당에서 나와 신발을 신는 도로시에게 물었다.

아니.

도로시는 신발 뒤축에 손가락을 넣으며 대답했다. 어이구야, 또 이상한 소리를 내며 몸을 일으켰다. 시간은 벌써 오후 다섯 시였다. 여름 낮이 끝나려면 아직이었지만 바람이 꽤 선선했다. 대웅전 처마에 달린 풍경이 흔들리며 맑은 소리를 냈다. 도로시는 발길 닿는 대로 걸었다. 나는 도로시를 따라서 삼성전 옆의 돌담에 늘어선 작은 불상과 동자승 장식품을 구경했고 와불전 앞에 가꾸어진 꽃밭도 오래 들여다봤다. 절 안에 있는 다원에서 도로시가 참마주스를 사줬다. 이런 걸 먹어? 그런데 맛있었다. 우유와 꿀을 타서 갈았는지 부드럽고 달고 시원했다. 도로시는 부처님이 보일 때마다 합장을 했다. 나는 도로시가 무슨 소원을 빌고 있을지 가늠해 봤다. 탑을 돌고 절을 하면서 마음속의 무엇을 바랐을지, 그게 이루어질 수 있을지 생각했다.

도로시가 관둔 회사는 많은 사람들이 다니고 싶어 하는 곳이었다. 도로시가 알린 적 없는 입사 소식은 취업 준비

중이던 내게도 들렸다. 우리 학번 최고의 아웃풋이라는 말도 나왔고 걔가 어떻게 거길 들어갔느냐는 말도 있었다.

그 여름, 나는 도서관에서 부패해 가고 있었다. 정말로 내가 썩고 있음을 체감했다. 머리를 열심히 감고 다녔는데도 어깨에 비듬이 자꾸 떨어져 검정색 옷은 입지 못했고 의자에 앉아 있으면 가랑이 사이에서 께름칙한 냄새가 올라왔다. 그런 내게 도로시가 이룬 성취는 눈부심 그 자체였다. 어떻게 하면 그런 데서 일할 수 있지? 나는 내가 아는 범위에서 도로시의 대학 생활을 곱씹었다. 뭐가 취업에 도움이 된 건지 알 수는 없어도 확실히 남다르긴 했다. 그래, 이상한 게 아니라 남다른 거였다. 부럽다는 생각이 들었다. 도로시가 그 회사에서 어떤 일들을 겪게 될 지는 알지도 못했으면서.

덕질을 위해 현생을 양보했지.

도로시는 농담을 했지만 나는 웃을 수 없었다.

그런데 왜 그만둔 거야?

뭐, 이유가 있나. 거지 같아서. 그래서 관뒀지.

돈 되게 많이 주지 않아?

많이 주면 뭐하냐. 거지 같은데.

무슨 일이 있었던 거야?

대단한 건 아니고.

……

회사 새끼들이 내 소설을 돌려 읽었더라고.

뭐가 어떻게 된 건지는 몰라도 사내 인트라넷의 대나무 숲에 도로시의 소설이 올라왔다는 것이다. 인사2팀 유 대리의 현란한 필력 어쩌고 하면서. 도로시는 자신을 흘깃거리며 아닌 척, 그러면서도 실실 웃는 얼굴을 감추지 않는 놈들에게 '참격'을 날리고 싶었다고 했다. 쪼개지마라 개새끼들아. 파티션 위로 보이는 머리통들이 너무나도 똑같이 생겨서 구역질이 날 지경이었다고. 그러나 얼마 지나지 않아 오래도록 간직했던 사직서에 날짜를 적어 넣을 때, 도로시는 속으로 깔깔 웃었다.

이왕 이렇게 된 거. 출판사에 보낸 원고가 출간과 동시에 BL 분야 베스트셀러가 되었고 새로운 계약도 네 건이나 했기 때문이었다.

우리는 개나리공원 입구 옆 흡연구역에서 담배를 피웠다. 도로시의 이야기에 무슨 말을 덧붙여야 좋을지 몰라서 담배를 권했다.

끊었는데.

그러면서도 도로시는 담배를 받았다. 나는 오랜만에 피우다는 도로시의 속도에 맞췄다. 나는 우리에게 남은 시간에 대해 생각했다. 담배가 다 타고 나면 우리는 개나리 공원을 한 바퀴 걸을 것이다. 여름이라 개나리는 없으니까 볼 게 없어서 빠르게 걷고 작별을 할 것이다. 버스를 같이 타고 내려가자 해도 도로시는 거절하겠지. 여기서 헤어지자. 그때처럼. 그러면 나는 혼자 남아서 담배를 두 대 정도 더 피운다. 이제는 그렇게 해도 어지럽지 않으니까 어쩌면 한 대를 더 피울 수도 있다. 그래도 낮은 끝나지 않고 아무도 없는 버스정류장에서 다음 버스를 기다려야 할 것이다. 버스는 40분 뒤에 오고 그동안 나는 도로시와 보낸 하루에 대해 생각할 것이다. 15년 전과 오늘. 잘 가지 않던 길을 도로시와 두 번이나 걸은 것에 대해. 그 두 번의 산책이 어떻게 같고 어떻게 달랐는지에 대해. 그런 생각을 하다보면 버스가 올 것이고 버스에 타면 한참을 나와 운전기사만이 차 안에 있을 것이다. 늦은 오후의 햇살이 버스 안에 가득 들어오고 나는 조금 부끄러워진다. 내가 먼저 도로시에게 만나자고 말하는 날이 올까. 나는 그것을 자신하지 못한다. 우리 동네의 정류장까지 가는 동안 세계는 어두워질 것이고 도로시가 집에 도착할 즈음에는 완전히 밤일 것이다. 잘 갔어? 묻는 것만으로도 우리는 멀지 않은 미래에 다시 만나게 될 수도 있다. 하지만 나는 묻지 못할 것이다. 도로시는 내가 있는 쪽으로 조금도 기울지 않았으므로. 좋아하는 것을 말하는 일을 망설이고 많은 말들을 참아내기도 하는, 그런 도로시는 여기에 오지 않았으니까. 이 세카이에 그런 도로시는 없으니까. 아마도 영원히 없을 테니까. 그리고 나는 걷는 동안 예감했던 것을 떠올리겠지. 이제 내 인생에 축제는 없을 거야. 그러므로 도로시와 나는 오늘이 마지막. 그것은 정해진 미래.

내가 생각에 잠긴 동안 도로시는 개나리공원 안을 걸었다. 말이 공원이지 한 바퀴 걷는데 10분이면 충분했다. 차라리 정원이라고 하는 게 더 어울렸다. 도로시는 벤치 옆에 무릎을 안고 앉아 뭔가를 가만히 보다가 나를 불렀다. 도로시가 보고 있었던 것은 낡은 슬레이트 판이었다. 거기에는 '여기에 오줌 누지마라 개자식들아'라고 적혀 있었다. 도로시는 휴대전화를 꺼내 사진을 찍었다. 그리고 이렇게 말했다.

내가 아까 무슨 소원 빌었는지 알아?

글쎄. 모르겠는데.

되게 뻔한 건데.

뭔데.

도로시가 나를 똑바로 쳐다봤다. 이제 보니 도로시의 가장 변하지 않은 부분은 까맣고 동그란 눈동자였다. 어째 나이는 나만 먹은 것 같았다.

뭐냐면…….

뜸들이지 말고 말해봐.

오마카세에 더 잘생긴 셰프를 보내주세요.

버스가 왔다.

먼저 타고 갈래?

도로시가 물었다.

너 먼저 가.

도로시는 더 긴말 하지 않고 버스를 타러 갔다. 버스 문 앞에서 작별 인사를 하기 위해 마주섰다.

희준아.

응?

나 묻고 싶은 게 있는데.

뭘?

너 왜 그때 말도 없이 편지 끊었어?

무슨 소리야.

군대에서. 왜 답장 안 했냐고.

내가?

그래. 네가.

  도로시를 태운 버스가 떠나고 나만 남았다. 담배를 피우지 않았고 버스는 예정 시간보다 5분 빨리 왔다. 출발 직전에 등산복을 입은 부부가 달려왔다. 그들과 함께 도심으로 내려갔다. 집 앞에 도착했는데 가로등이 켜지기 전이었다. 잘 들어갔어? 도로시의 메시지였다. 나는 답장을 했고 몇 마디 더 주고받았다. 근데 그거 진짜야? 내가 물었고 메시지 창에 말풍선이 몇 번 떴다가 사라졌다. 도로시는 웃으면서 우는 얼굴이 그려진 이모티콘 세 개를 보냈다. 나는 그 얼굴을 따라해 보려다 관두고 동네를 한 바퀴 걸었다. 개나리공원에서 개나리 본 적 있어? 도로시가 물었다. 나는 울면서 웃는 얼굴을 보냈다.

콤비네이션

1

ㅅr른6은 ㅈrㅎhㄷr

,라고 적은 쪽지를 정원과 나눠가진 날이 있었다. 8월 16일. 정원의 열여덟 번째 생일이었다.

정원은 나를 피자헛으로 불렀다. 언제부턴가 생일을 기념하는 일에 시들해졌던 정원이었기에 의아했다. 갑자기 무슨 바람이 분 거지?

정원은 피자헛 2층에서 나를 기다리고 있었다. 손님은 나와 정원, 단둘이었다. 주말 한낮, 다른 가게들이 들어오고 나가는 숱한 시간 동안 시내 한 가운데서 자리를 지켜낸 저력이 있는 피자헛에, 어째서 우리뿐이야? 이렇게까지 둘일 건 또 뭐야? 내 마음에 불안이 번졌다.

내가 빌렸어. 통으로.

정원이 식기들을 가지런히 놓으며 말했다. 웬 개소리일까? 정원을 빤히 쳐다봤다.

응. 개소리 맞고.

정원은 접시를 들고 샐러드 바에 갔다. 확실히 평소와 달랐다. 만사에 귀찮은 것투성이었던 정원이 군말 한마디 않고 같이 먹을 음식을 담는 게 낯설었다. 심지어 내가 좋아하는 단호박 샐러드를 듬뿍 담아와 내 쪽으로 놓아주기까지 했다. 이상해. 수상해. 나는 정원의 안색을 살폈다. 뭘 잘못 먹은 거니, 먹어야 할 걸 안 먹은 거니.

유리야. 나 할 말 있어.

정원이 말했다. 얼굴에 홍조가 떴다. 눈동자에 5월의 햇살 비슷한 것까지 담겼다. 뭐야. 무슨 말을 하려고 그래. 머릿속에 우리의 지난 10년이 주마등처럼 스쳤다. 나는 마음속으로 간절히 외쳤다. 하지 마. 정원아. 우린 안 돼!

무슨 생각을 하는 거야?

내 눈에 비친 불안을 읽은 정원이 정색을 했다. 당황한 내가 머뭇거리자 정원은 눈을 부릅뜨고 말했다.

너 아니야. 미친 자식아!

정원이 사랑하는 사람은 같은 학교에 다니는 애였다. 이야기의 시작부터 나는 두 번 놀랐다. 첫 번째 이유는 정원이 서슴없이 '사랑한다'는 말을 해서였고, 두 번째 이유는 정원이 남학교에 다니고 있어서였다. 그리고 나는 이내 슬퍼졌다.

필사적이었겠구나, 너도.

콜라를 한 모금 마셨으나 입맛이 썼다.

정원의 이야기는 사랑하는 이의 이름을 말해주는 것으로 시작되었다. 철웅. 이름에서부터 남성호르몬이 뿜어져 나오는 것 같은 그 아이는 과연 덩치가 대단했다. 신장은 덜고 보탤 것 없이 190센티미터였고 발 사이즈는 300밀리미터였다. 팔과 다리도 삼국지에 나오는 장수들처럼 길어서 체육 시간이면 까치발도 하지 않은 채 농구 골대 그물을 붙들고 서 있곤 했다고. 타고난 황소 체형이라 얼핏 투실투실 살집이 붙어 보이는 몸도 실은 죄다 단단한 근육으로 덮여 있어서 별명이 관자포 — 관우+조자룡+여포 —

라 했다. 지금 와서 보면 정원의 소나무 같고 대나무 같은 취향의 시작은 철웅이었는지도 모르겠다. 그런데 세상에, 성격마저 심성마저 정원의 마음을 관통해 버린 것이다.

때는 5월, 꽃 지고 푸른 잎 무성해지던 늦봄, 정원의 학교 체육대회 날에 사건은 일어났다. 정원이 속한 2학년 6반은 학급회의를 거쳐 ①목숨을 걸고 이겨야 하는 종목, ②카오스와 행운에 기댈 종목, ③죽었다 깨도 가망 없는 종목을 나누고 선수를 배치했다. 정원은 제3종목인 농구 선수로 나섰다.

6반 농구팀은 기적 같은 승승장구 끝에 결승전까지 올라가게 됐다. 그렇게 되기까지 정원도 소금 같고 알토란 같은 활약을 해냈다곤 했으나 그 말을 다 믿지는 않았다. 그렇다고 딱히 토를 달지도 않았다. 내가 궁금한 것은, 그 철웅이가 언제 어떻게 등장하느냐였다.

철웅은 결승전 상대인 11반의 센터였다. 그리고 사건이랄까 사달이랄까, 그 일은 시합과 동시에 일어났다. 정원이 쓰러진 것이었다. 철웅과 부딪혀서. 점프볼을 한 공이 정원의 앞으로 떨어졌고 선제 득점을 노린 정원이 상대편 골대로 맹렬히 달려나갔다. 그 뒤를 성큼성큼 따라온 철웅이 정원을 막아섰고 두 사람은 정면으로 충돌했다. 철웅은 멀쩡했고 정원은 나뒹굴었다. 안경이 박살날 정도의 충격이었다.

잠시 의식을 잃었던 정원이 깨어나서 본 건 보건실의 하얀 천장이었다. 정원은 자신의 심장이 마구 뛰고 있음을 깨달았다. 어디를 다쳤기에 이러는지, 정원은 잠깐 걱정했으나 심장은 몸이 아닌 마음 때문에 쿵쾅대고 있었다. 쓰러지기 전의 마지막 기억, 철웅과의 부딪힘. 그때 느낀 철웅의 단단하면서도 포근한 몸이 자꾸 떠올랐다.

정원은 철웅이 보고 싶었다. 그 아이가 농구를 하는 모습이 궁금해서 목이 탈 지경이었다. 우승 따위 이제 중요치 않았다. 아니 철웅의 반이 이겼으면 좋겠다는 생각까지 했다. 무자비하고 화끈하게 6반 골밑을 초토화시키는 철웅…… 상상만으로도 마음이 설렜다. 숨을 몰아쉬고 땀을 뿌려가며 다른 아이들의 도전을 용맹스럽게 물리치는 철웅의 퍼포먼스. 거기까지 생각이 미치자 정원은 더 이상 침대에 누워 있을 수가 없었다. 철웅을 보러 갈 거야. 정원이 힘겹게 몸을 일으켰다. 혈압이 떨어진 것처럼 세상이 핑 돌았다.

괜찮아?

철웅의 목소리였다. 정원은 환청이 들리나 했다. 하지만 철웅은 정말 거기에 있었다. 정원은 깜짝 놀라 입을 벌리고 철웅을 쳐다보았다. 철웅은 줄곧 정원의 곁을 지키는 중이었다. 혼자 둘 수가 없었다고 했다. 정원은 철웅의 눈가에 눈물 자국이 있는 걸 봤다.

괜찮아.

정원의 말에 철웅이 환하게 웃었다. 잘 자란 곰 같네. 정원은 마음속으로 말했다. 오늘부터 내 이상형은 곰 같은 남자야. 정원은 철웅에게 물었다.

이름의 '웅'자가 '곰 웅(熊)'자야?

철웅은 웃는 얼굴로 양팔을 들었다. 곰 흉내였다. 웃는 곰.

그런 소리 많이 듣는데, '수컷 웅(雄)'써.

수컷이라고? 더 좋잖아.

정원은 그런 생각을 했다.

고백을 할 거라고 했다. 대체로 담담히 정원의 이야기를 듣고 있었으나 그 대목에서는 입 속의 피자를 뱉을 뻔했다. 정원의 눈에서 처음 보는 안광이 비쳤다. 나는 낯설기까지 한 정원의 기세에 압도되었다.

괜찮겠어? 뭘 어쩌려고? 온갖 걱정의 말들이 떠올랐다.

말려야 하지 않을까? 그래야 할 것 같은데. 그러나 한마디도 하지 못했다. 의연해 보였달까. 얼핏 숭고해 보이기까지 한 정원의 표정 때문이었다. 결의에 찬 얼굴. 말려도 소용없겠네. 그러다 별안간 울고 말았다. 눈물이 왈칵왈칵 쏟아졌다.

왜? 왜 말려야 해? 내 안에서 물음이 울렸다. 말려야 하는 이유라면, 누구보다 많이 알았다. 잘 알았다. 그래서 울음이 터진 거였다. 정원은 가방에서 티슈를 꺼내 건넸다. 내가 생각해도 주책이었지만 감정이 들끓어 한 번 더 으엉 울고 말았다. 눈물을 닦고 코까지 풀고 심호흡을 한 뒤 정원에게 말했다.

너 멋있는 인간이 됐구나.

그리고 결심했다.

나도 고백을 할 거라고.

2

내가 사랑한 아이의 이름은 보라였다. 나는 보라에게 완전히 미쳐 있었다. 어느 순간 좋아하게 되었고 온 마음을 주고 말았다. 그 애가 받아줄 리 없으니, 아니 내가 보낼 수 없으니. 자주 그늘이 지는 마음이었다.

보라는 언제나 두세 겹의 아이들에게 둘러싸여 지냈다. 그중에서 나는 끽해야 두 번째 줄 정도에 간신히 서 있었다. 속상하기도 했고 조급하기도 했으나 그런 시간이 길어지자 그럭저럭 만족하게 되었다. 확실하게 좋은 점이 하나 있긴 했다. 내 마음을, 위험한 사랑을, 들키지 않을 수 있었으니까. 의심받지 않고 마음껏 보라를 볼 수 있었으니까. 내가 보라를 좋아하는 방식은 대개 그러했다. 아쉬워하지 않으려 애쓰고, 이게 최선이라며 나를 달래고.

하지만 정원의 결심을 듣고 나니 마음이 흔들렸다. 이대로가 좋다고? 그럴 수 있는 마음이야 이게? 처음 봤던 때부터 망설이고 주저하며 다가가지 못했던 순간들이 스쳐 지나갔다. 포기하면 편해. 그래서 포기한 채 살았고. 하지만 실은 내내 불편했어. 하루도 그렇지 않은 날이 없었지. 보이지 못하고 말하지 못한 마음을 베개에 외치며 묻었던 숱한 밤들. 나는 보라 때문에 마지막으로 울었던 날의 이야기를 정원에게 했다.

정원의 농구가 사랑에 도착하던 날, 나는 강원도로 수

학여행을 가 있었다. 고성에서 시작해 정선에서 끝나는 3박 4일의 여정이었다. 아이들의 원성이 자자했다. 시의성을 고려해 '숲과 함께하는 에코 프로젝트'라는 부제를 달아놓긴 했지만 실상은 등산을, 그것도 무려 두 번이나 해야 하는 코스였다. 가정통신문에 나와 있던 3개의 후보 중에서 가장 인기가 없었던 코스였으나 어째서인지 보호자 98퍼센트의 지지를 얻는 일이 벌어졌다. 담임선생님들이 집집마다 전화를 걸어 장소를 몰아갔다는 소문까지 돌았다. 설악산 유스호스텔 사장이랑 학년부장이 호형호제하는 사이라더라, 오대산 인근 식당 사장들이 학교에 발전기금을 댔다더라, 가능성이 희박한 음모론까지 사실인 양 떠돌았다.

물론 나도 다른 애들과 같은 마음이었다. 지리부도를 펴놓고 고성에서 속초, 속초에서 강릉, 강릉에서 정선까지의 거리를 손가락으로 재어봤다. 정보 시간에는 선생님 몰래 대청봉과 비로봉을 등반하는 데 걸리는 시간을 찾아봤다. 차만 타고 산만 타는 일정이었다. 아이들에게 그 이야기를 하자 모두들 울상을 지었다. 그러나 여행을 사흘 앞두고 나는 그 여행을 기다리는 쪽이 되었다. 전교에서 유일하게 수학여행을 고대하는 애, 그게 나였다.

밤에 그냥 잠만 자라는 거지.

보라가 말했다. 학급회의 시간이었다. 보라는 우리 반 실장이었고 선생님에게 장기자랑을 준비한다는 핑계로 회의 시간을 받아왔다. 깜짝 공연을 준비할 거라는 말을 덧붙여 회의는 비밀로 진행되었다. 아이들은 보라의 지휘 아래 수학여행의 낭만을 되찾아 올 계획을 세웠다. 기껏해야 베개 싸움, 진실 게임, 몰래 방 바꾸기, 카드놀이(소액이나마 돈을 걸 것), 그리고 약간의 음주로 이루어진 일탈이었으나 열을 올려 이야기하는 동안 아이들은 비로소 수학여행에 대한 기대를 부풀릴 수 있었다. 아이들이 말한 의견들을 아이패드에 적으며 나는 몰래 미소 지었다. 화면 구석에는 이렇게 썼다가 지우기도 했다. 후훗, 미안하지만 난 수학여행 좋아♥

그래서 왜 좋았냐면,

학급회의 시간을 얻기 위해 보라와 교무실에 갔을 때 학년부장 선생님이 교감선생님과 통화하는 걸 들었기 때문이다.

산에서는 담임선생님들이 앞에서 인솔하고 실장이랑 부실장이 맨 뒤에서 따라가는 걸로 하겠습니다.

우리 반의 부실장은 다름 아닌 나. 그러므로 나는 설악산에서 8시간, 오대산에서 4시간을 보라와 나란히 걸을 수 있었다. 심장이 8기통 엔진처럼 뛰었다.

그러나.

나의 단꿈은 설악산 등반을 시작하자마자 무너졌다. 첫 번째 분기점이었던 탐방지원센터에 도착하기도 전에 대열 중간의 아이 한 명이 퍼져버린 것이다. 구역질이 난다고 했다. 나는 그 아이가 전날 밤에 350밀리리터 생수병에 담아 온 소주를 몰래 마셨다는 걸 알고 있었다. 전화통을 붙들고 남자친구와 고래고래 다퉜다나 어쨌다나. 욕조에 앉아 물을 맞으며 울었다나 저쨌다나. 보라는 바람같이 선생님에게 달려갔다. 선생님은 보라에게 그 아이를 맡겼다. 그리하여 보라는 조기에 하산했다. 나는 울산에 가지 못한 울산바위처럼 보라의 뒷모습을 망연히 바라봤다. 적어도 첫째 날만큼은 조용히 자기로 했던 약속을 어긴 낙오자 친구가 미워서 설악폭포까지 힘든지도 모르고 걸었다.

폭포 앞에서 단체사진을 찍고 난 다음부터는 자율 산행이었다. 내키지 않았지만 애들을 부탁한다는 보라의 말이 마음에 걸려 열 명 남짓의 아이들과 대청봉까지 갔다. 말 없이 걷기만 했다. 눈앞에 보이는 걸 보고, 바람이 불면 맞으면서, 보라를 생각했다. 보라와 함께였다면 어땠을까. 이 산의 풍경이 아름답게 보였을까. 아름다운 걸 함께 보면서 보라와 내 사이가 조금은 가까워질 수 있었을까. 내 마음 들키지 않게 부러 조심하지 않아도 안전하게 그렇게, 친해졌을까.

산행을 마치고 버스에 탈 때까지도 나는 그런 생각에 빠져 있었다. 조금 울적한 기분. 그래서 보라가 내 코앞에 서 있는 걸 몰랐다.

유리! 고생했어.

보라는 내 양어깨를 가볍게 쥐며 말했다. 보라와 신체가 닿아본 건 그때가 처음이었다. 손에서 느껴지는 온기와 악력이 기분을 들뜨게 했다. 그걸 티 내지 않으려 숨을 꿀꺽 삼키고 간신히 대답했다.

고생은 뭘······.

대청봉까지 갔다며. 고생했지.

보라가 웃었다. 내 어깨를 잡았던 손을 놓으면서. 나는 중요한 물건을 잃어버린 것 같은 기분이 되었다.

이따가 또 이야기하자.

그렇게 말한 뒤에 보라는 인원 점검을 시작했다. 하나, 둘, 숫자를 세며 버스 안쪽으로 멀어지는 보라를 보았다.

금세 다른 아이들이 버스에 탔다. 나도 자리에 앉았다. 이야기를 하자고? 이따가? 정말일까. 진심일까. 그냥 하는 말일 수 있고 그럴 확률이 높다는 걸 알면서도 기대를 하게 됐다. 버스에서 눈을 좀 붙이려고 했지만 그러지 못했다.

겉보기엔 별 탈 없는 첫째 날의 밤이 지났기 때문에 둘째 날은 계획한 대로 놀 예정이었다. 하지만 우리는 꼼짝없이 방에 틀어박혀 있어야 했고 어디를 가려면 담임선생님에게 다 허락을 받아야 했다. 보라의 가방에서, 아니 주머니에서, 아니 어디에서인지 몰라도 어쨌든, 보라에게서 담배가 나왔기 때문이다. 그것은 말 그대로 툭 떨어졌다. 어쩌면 하늘에서 뚝. 나를 포함해 모두가 그렇게 생각할 수밖에 없었다. 그때까지 보라가 담배를 피우는 걸 본 사람도, 그런 이야기를 들은 사람도 없었다. 의심 가는 일이 있긴 했다. 낙오를 했던 아이와 보라가 간밤에 언쟁을 벌인 것이었다. 이미 취했던 그 아이를 제지하려는 보라의 입장은 정당했으나 그 방의 아이들 모두가 보라를 몰아내려 했다.

너네 벌써 방까지 바꿨어?

보라가 말했다. 아이들이 보라를 노려봤다. 보라는 그 시선을 담담히 받았고,

몰라. 맘대로들 해라.

말한 다음 문을 닫았다. 거기까지였다. 그런 일이 있었음에도 보라는 술병이 나서 낙오한 친구를 챙긴 것이다. 그런데 돌아온 것은 몰래 담배를 꽂아 넣는…… 나는 보라가 억울해하길 바랐다. 그러나 보라는 담담히 인정했다.

잘못했습니다.

선생님도 그 담배를 보라의 것이라 믿지 않는 눈치였다. 주위를 둘러싼 반 아이들을 한 번 둘러본 다음 이렇게 말했다.

오늘 우리 반은 자유시간 없다. 내가 취침시간까지 복도 지킬 테니까 그렇게들 알아.

그 말은 보라가 아니라 다른 누군가가 들어야 하는 말처럼 들렸다.

그 밤은 길었다. 나는 방에서 한 발짝도 나가지 않았다. 이야기하자고 했는데. 보라가. 이따가. 머릿속에 그 말들만 계속 맴돌았다. 같은 방을 쓰는 아이들과 몇 마디 나누긴 했지만 집중이 잘 되지 않았다. 피곤을 핑계로 일찍 누웠다. 다른 아이들도 차례로 씻은 다음 이불을 폈다. 열 시도 안 되어 불을 껐다. 어둠 속에서 도란도란하는 시간이 조금 있었고 아이들이 이따금씩 키득거렸지만 이내 숨소리들이 차분해졌다. 곧 누군가 코를 고는 소리도 들렸다. 가장 먼저 누웠던 나는, 잠들지 못했다.

보라가, 이따가.

세 글자가 서로의 꼬리를 문 채 입가와 귓전을 오르내렸다. 보라도 자고 있을까? 무사히 잠들었을까? 자기 잘못도 아닌 일로 너무 마음 아파하고 있진 않을까? 그렇게 시간은 한 시를 향해갔다. 전화라도 해볼까? 그러기엔 너무 늦었나. 그럼 문자라도? 그런데 뭐라고 하지? 생각하는 동안 내 손은 휴대전화에 저장된 보라의 이름을 검색하고 있었다. 가슴이 쿵쿵 뛰었다. 내가 보라에게 이 시간에 연락을 해도 되는 사람인가? 아니 또 안 될 건 뭔데. 그러는 사이 나는 메시지를 완성했다.

보라야, 자?

처음에는 보라를 위로하기 위한 장문의 메시지를 썼다가 왠지 주제넘게 구는 것 같아서 지웠다. 메시지 창에 '자니?'라고 써봤다. 어딘지 모르게 질척이는 느낌이었다. 그냥 '자?'라고 써보니 확실히 담백하긴 했지만 어떻게 보면 시비 거는 것 같기도 했다. '하려던 이야기할까?'는 맡겨놓은 짐을 내놓으라는 식 같았고 '고생 많았어'는 만남의 가능성을 지우는 것 같았다. 고민 끝에 도착한 문장이 '보라야, 자?'였다. 이제 전송 버튼만 누르면 됐다. 하지만 나는 그대로 화면을 껐다. 암순응이 되는 동안 눈앞이 캄캄했다. 그 시간은 실제보다 길게 느껴졌다. 아무것도 하지 않아 다행이라 생각했다. 아무 일도 일어나지 않을 거라 생각하니 슬펐다. 그런데.
 유리야, 장유리. 너 이 방 맞지?
 오 마이 갓. 보라가 나를 보러왔다.

 보라와 나는 딱 한 시간 동안 함께 있었다. 1시 36분부터 2시 36분까지. 시간이 가는 게 아쉬워서, 보라가 언제 자러 간다고 할지 몰라서, 시계를 자꾸만 흘끔거리게 됐다. 그리고 나는 어느 영화에서 봤던 대사처럼 그 한 시간에 묶여버렸다. 내게 1시 36분은 특별해졌다. 그 후로 많은 밤들을 1시 36분이 될 때까지 뜬눈으로 보냈다. 1시 36분이 되면, 침대에서 둥실 떠올라 보라와 나란히 앉아 있던 유스호스텔로 날아갈 수 있을 것 같았다. 물론 그런 일은 꿈에서도 일어나지 않았다. 속절없이 1시 37분은 오고, 나는 잠들고 싶어도 잠들지 못하는 몸이 되었다.

보라는 생수병을 가져왔다. 그 안에는 아니나 다를까 소주가 들어 있었다.

어디서 났어?

연주가 줬어.

연주는 설악산에서 낙오를 했던 아이. 어째서 연주가 보라에게 소주를 줬다는 걸까?

화해했거든.

보라는 좋은 일이 있었다는 듯이 말했다. 취침 시간이 되고 선생님이 위층으로 올라간 뒤 보라는 연주에게 갔다. 보라가 먼저 미안하다고 했고 연주도 똑같이 말했다. 잘 자라 인사하고 문을 닫으려는 보라에게 연주가 잠깐 기다리라 하고는 자기 몫의 소주를 빈 생수병에 반을 따라서 줬다. 보라는 그걸 내게 가져온 거였다.

우리는 그것을 나누어 마셨다. 아이들이 깨지 않게 조심하며 발코니에 자리를 잡았다. 5월이어도 새벽은 추웠다. 보라가 오른쪽에, 내가 왼쪽에 앉아서 이불로 어깨를 감쌌다. 우리의 앞에는 종이컵 두 개와 포카칩 한 봉지가 놓여 있었다. 그런 구도가 자연스러울 정도로 우리가 친한 건 아니었는데도 어쩐지 어색하지 않았다. 보라가 가진 엄청난 매력 때문에 가능한 일이었다. 보라가 만인의 사랑을 받는 강력한 이유. 나는 그걸 잘 알았다. 그것이 나를 슬프게 했다. 내게는 너무나 특별한 이 순간이 보라에게는 아주 흔한 일일 것이라는 사실이 슬펐다.

그렇게 감정은 널을 뛰고 믿기 어려울 만큼 한 시간이 빠르게 흘렀다. 무슨 이야기를 어떻게 나눴는지도 몰랐다. 진짜라고 할 수 있는 건 하나도 말하지 못했다. 마음이 허전했다. 내가 바랐던 건 무엇이었을까? 무슨 이야기를 하고 싶었던 걸까? 그다음에 무엇을 보고 싶었을까? 그건 구체화할 수도 형상화할 수도 없는 정념에 가까웠다.

아침에 보자.

2시 36분. 보라의 인사. 방을 떠나는 보라의 하얀 맨발. 절대 채울 수 없는, 밑 빠진 독.

나는 덩그러니 남은 생수병을 이리저리 들여다보며 보라의 미소를 그렸다. 벌써 그리웠다. 보라와 앉았던 발코니에서 한참을 머물렀다. 지나간 한 시간을 붙잡고 싶었다. 조금이라도 움직이면 그 시간의 모든 게 부서질까 봐, 쨍그랑 깨질까 봐. 차가워지는 새벽 공기에도 덜덜 떨며 버텼다. 별이 쏟아질 것 같은 밤하늘을 보면서 보라가 했던 말들을 곰곰이 곱씹었다.

너는 무엇을 견디고 있니?

보라에게 묻고 싶었다. 내가 견디는 건…… 말하고도 싶었다. 그럴 수 있을까? 너에게 묻고 답을 듣고 내가 또 말하는 순간이 올까. 바람이 불어 숲의 나뭇잎이 스스스스, 떨렸다. 이불 속에 몸을 넣고 조용히 잠을 청했다.

오대산에서도 보라와 함께 걷지 못했다. 버스에서 내리지도 못했다. 구역감이 일어났기 때문이다. 걱정과 추측이 섞인 아이들의 말들이 귀에 들렸지만 대꾸도 못할 만큼 아팠다. 손바닥을 명치께에 가만히 올리고 숨을 고를 뿐이었다. 그 와중에 혹시라도 보라가 나를 돌보기 위해 버스에 남지 않을까 기대했다. 연주에게 그랬던 것처럼. 하지만 나는 산행 시작 전에 퍼진 것이어서 그냥 버스에 혼자 남게 됐다.

모두가 버스에서 내린 뒤에 또 한번 비닐봉지를 쥐고 토했다. 달아오른 이마를 차창에 대고 눈을 감았다. 처음엔 좀 시원하더니 봄볕에 금세 뜨듯해졌다. 눈을 떠보니 저만치에 기사님들이 모여 담배를 피우고 있었다. 담배 맛있나? 멍하니 그런 생각이나 하고 있는데 우리 버스의 기사님이 나를 보면서 뚜벅뚜벅 걸어와 창문을 두드렸다. 짙은 색의 선글라스를 끼고 있어 눈이 보이지 않았다. 살짝 무서웠다. 문을 조금만 열고 말했다.
 왜……요?
 기사님의 손이 눈앞까지 쑥 올라왔다. 손에 캔 커피가 들려 있었다. 문을 조금 더 열고 커피를 받았다.
 그거 먹으면 좀 깰 거다.
 뭐라고 대답하기도 전에 기사님은 동료들 곁으로 휘적휘적 돌아갔다. 커피를 물끄러미 봤다. 고마운 일이기도 해서 먹어볼까 했지만 생각만으로도 속이 울렁였다. 가방을 열고 커피를 넣었다. 가방 속에 지난밤의 생수병이 들어 있었다. 느닷없이 눈물이 주륵 흘렀다. 차창 밖을 보니 마지막 학급인 13반 애들이 등산로로 진입하는 중이었다. 보라가 어디쯤 들어가고 있을지 눈으로 짚어 보았다. 산허리의 꽃들이 온통 보라의 머리통처럼 보였다.

 내가 이야기를 마치자 정원은 내 접시에 피자 한 조각을 놓았다. 내가 좋아하는 올리브와 페퍼로니가 많이 올라간 조각이었다. 맛있겠다. 크게 한 입 물었다. 식어서 대단히 맛있진 않았지만 웃음이 났다. 웃음 나는 피자였다. 정원은 어딘가 비장한 얼굴을 하고 말했다.
 콤비네이션 피자라. 이건 꽤 의미심장해.

우리는 점원들이 마감 청소를 시작할 때까지 콜라를 두 번 리필해 가며 아름답고 치밀한 작전을 짰다.

3

디데이는 개천절 전날이었다. 그날 나는 행주치마와 저고리를 입었다. 우리 학교 아이들 거의 모두가 나와 같은 옷차림이었다. 하나같이 낡고 해진 옷들. 개밥 쉰내 같은 게 난다고 울상을 짓는 애도 있었다. 저고리 솔기를 들어 옷 냄새를 맡아봤다. 내 옷에서는 양파(신선하지 않은) 냄새가 났다. 보라의 옷에서는 어떤 냄새가 날까 생각했다. 아니 어떤 향기가 날까,라고 해야 맞겠지. 보라는 유일하게 다른 옷을 입었다. 보라가 그해의 논개였기 때문이다.

'미스 논개'는 개천절에 시작하는 예술제의 서막인 '임진왜란 가장행렬'에서 마스코트 역할을 했다. 시내에 있는 고성(古城)에서 강을 가로지르는 다리까지 이어지는 가장행렬은 지역 내의 여자고등학교와 남자고등학교의 2학년이 맡았다. 학교 이름의 가나다순으로 차례가 돌았고 그

해는 우리 학교 차례였다. 수업을 하지 않는 날이 생기는 것이므로 학생들은 가장행렬을 행운권 당첨처럼 여겼다. 게다가 '미스 논개 선발대회'로 명명된 큰 이벤트까지 하게 되었기 때문에 분위기는 학년 초부터 들썩였다. 올해의 논개는 누가 될 것인가! 곱게 치장하고 꽃가마에 오를 주인공은 누구일까! 대회가 열리는 1학기 말의 학교 축제가 다가오자 인근 학교들까지 시끌시끌했다.

나는 가장행렬에 시큰둥한 편이었다. 학교를 가지 않아도 되는 건 좋았지만 뭔가 귀찮은 일―복장을 갖춘다든가 인파 속을 걸어야 한다든가―을 해야 하니 마냥 좋을 것도 없었다. 수업을 듣고 적당히 졸고 매점에서 빵을 사먹고 급식을 먹고 운동장을 두 바퀴 돌고 야자를 하는 매일의 일상이 썩 나쁘지 않았다. 솔직히 나는 학교 가는 걸 좋아했다. 보라를 볼 수 있으니까.

그런가 하면 '미스 논개'는 싫었다. 어떤 핑계나 수식어를 만들어 붙인들 여학생들을 대상으로 미인 대회를 하는 것이었으니까. 그러나 나는 그 행사에 일심전력을 다하고 말았다. 이유는 단 한 가지, 보라가 '미스 논개'의 자리를 원했기 때문이다. 왜 그런 걸 원하니, 그걸 원하는 너에게 실망했어, 같은 생각은 할 수 없었다. 네가 원하면 해야지.

내가 도와야지. 그게 내 마음의 전부였다. 그게 내가 보라를 사랑하는 방식이었다. 부끄러운 이야기지만.

보라는 당당히 논개가 되었다. 그리고 가장행렬 당일 아침에 다른 아이들과 달리 미용실에서 일과를 시작했다. 얼굴에 풀메이크업을 하고 머리에 가채도 올리고 혼자선 입기 힘든 복잡하고 화려한 옷을 입었다. 그리고 열 시쯤에 성으로 와서 가마에 올랐다. 그사이에 나를 비롯한 다른 아이들은 성내의 잔디밭에 앉아서 기다려야 했다. 잔디를 보호해야 한다며 돗자리나 신문지는 깔지 못하게 했다. 치마 아래로 드러난 종아리와 발목에 잔디 끝이 자꾸 쓸렸다. 이미 발로 밟고 엉덩이로 깔고 앉았는데 잔디 보호는 무슨. 그러나 일일이 따져 묻기도 귀찮아진 우리는 따끔거리는 다리와 발을 만지며 그럼에도 끊임없이 재잘거렸다. 짜증만 내고 있기엔 날씨가 너무 좋았다. 아, 이런 게 가을 하늘이지. 그런 날이었다. 내 마음도 속절없이 부풀었다. 두근거리는 마음 때문에 먹은 것도 없는데 체기가 느껴졌다. 엄지와 검지 사이를 꾹꾹 누르면서 보라와 함께 가마에 오를 아이를 찾았다. 명백하게 부러워하는 마음으로.

논개의 옆 자리는 김시민 장군의 차지였다. 김시민 선발

기준은 딱 하나, 몸의 크기였다. 가장행렬을 맡는 남학교에서 제일 덩치가 좋은 애가 김시민이 되었다. 선발대회 같은 것도 없었다. 큼지막하고 튼튼하기만 하면 됐다. 그것도 저절로 되는 것은 아니었겠으나 보라가 논개 자리를 얻기 위해 했던 수많은 일들—체중 조절, 피부 관리, 성적 유지, 모범 학생 표창 수상 등—에 비하면 김시민이 되는 일은 손쉬웠다.

김시민이 되는 애는 논개의 곁에 설 수 있다는 이유로 동급생들의 부러움을 샀다. 아무리 좋게 보려 해도 논개는 김시민의 트로피였다. 크고 강한 남자에게 주어지는 포상. 그럼에도 나는 김시민에 대해 양가감정을 느꼈다. 싫은데 부러워. 꿈도 꿨다. 꿈속에서 나는 2미터의 키에 100킬로그램의 체중을 가진 남자가 되었다. 그런 몸으로 여러 종류의 힘쓰는 일을 했다. 장작을 패고 쌀가마를 지고 트럭을 밀고, 매번 숨이 턱 끝까지 차서 곧 죽겠구나 싶으면 어디선가 '데드 포인트!'라고 외치는 소리가 들렸고 그때 잠을 깼다. 마른세수를 하면 콧등에 송글송글 맺힌 땀이 손바닥에 묻어났다.

우리 학교와 가장행렬을 하게 된 남학교는 정원의 학교

였고 김시민은 철웅이었다. 철웅이 김시민을 맡는 일은 입학과 동시에 확정된 것이나 다름없었다.

정원의 학교에서는 다른 성격의 선발 대회가 열렸다. 학교 이름을 딴 '미스 청수 선발대회'였다. 여장남자 이벤트였다. 그 대회는 가장행렬과 무관하게 매년 열렸다. 미스 논개가 미인 대회였다면 미스 청수는 개그쇼였다. 지역 내의 학생들 사이에서 흥행이 확실히 보장된 데다 나름의 역사와 전통이 있는 행사였다. 그걸 보기 위해 야간 자습을 무단이탈하는 애들이 대거 발생했다. 가슴에 풍선이나 넣고 엉덩이를 과장되게 씰룩거리는 몸 개그를 왜 그렇게들 보려고 난리인지 이해가 안 됐다. 눈에 흙이 들어가도 보러 갈 마음이 없었다. 초등학생 때부터 다짐한 일이었다. 오빠가 청수고 학생이던 시절에 같은 반 아이들에게서 참가를 강요당했다는 이야기를 듣고 나선 치가 떨리게 싫어졌다. 하지만 그 시절 내 인생은 수많은 비논리와 예측 불가능한 일들로 가득했고, 그 대회를 보기 위해 야간에 학교 담장을 넘었다. 정원이 대회에 참가한다고 해서였다.

정원에게 여장은 희화화의 소재가 아니었다. 정원은 그저 여장을 하는 게 아니라 드랙(drag)을 했다. 그것은 은밀하지만 확고한 취미였다. 드랙 퀸이 될 때의 정원은, 정원이지만 다른 정원, 자유로운 정원, 걱정을 잊는 정원, 전생과 내세의 정원, 그리운 정원, 놀라운 정원, 힘이 센 정원이 되었다. 그때까지는 나밖에 본 적이 없는 정원이었다. 아마도 오랫동안 그럴 거라 믿었다. 어쩌면 평생일지도 몰랐다. 그래서 정원이 미스 청수에 도전한다고 했을 때, 내 입에서 처음 나온 말은 미안하게도, "미쳤어?"였다. 이해가 되지 않았다. 왜 굳이? 자신에게 소중하고 중요한 일을 웃음거리가 되는 자리에서 하려는 건지.

정원을 움직인 건 반발심이었다. 1학년 때 객석에서 미스 청수 선발 대회를 본 정원은 심한 모욕감을 느꼈다. 그 감정은 오랫동안 정원을 괴롭혔다. 마음 한 구석을 끈질기게 때렸다. 무대에 오른 이들이 여자의 것이 아닌 이상한 행동을 하고 그걸 보는 사람들이 배를 잡고 웃을 때, 정원은 주먹을 꼭 쥐고 이를 부득 갈았다. 그리하여 정원은 보여주기로 했다. '진짜'가 일으키는 예술의 순간을. 너무 위험하지 않을지, 나는 걱정이 앞섰다. 정원은 괜찮을 거라 했다. 어차피 다들 미쳐 돌아가는 날이니까. 그냥 제대로 미친놈이 나왔군. 그럴 거라고.

그리하여 드랙 퀸 정원이 세상으로 나왔다. 정원이 무대를 거닐고 춤을 출 때 아무도 웃지 않았다. 정원의 방에서 혼자 볼 때는 몰랐던, 보지 못했던 어떤 것들이 보였다. 정원의 반짝이는 파란 드레스와 킬힐, 머리에 꽂은 깃털 모양의 장식, 눈가에 바른 펄, 빛나는 붉은 입술은, 회화적이었다. 정원의 몸과 몸짓에는 위엄이 있었다. 난해한 그림을, 그러나 확실히 힘이 느껴지는 작품을 만난 것처럼 나는 뜨겁게 가라앉았다. 미스 청수는 그 순간만큼은 개그쇼가 아니었다. 하지만 그 순간의 고요와 정적은 나를 긴장시켰다. 이곳의 사람들이 나와 같은 마음일까. 정원에게 어떤 반응이 돌아갈까. 이것이 끝나고 정원은 안전할 수 있을까. 역시 말렸어야 했나. 아직 너를 받아들일 세상이 오지 않았다고. 칼 같이 잘랐어야 했나. 머리가 지끈거릴 즈음, 박수가 나왔다. 강당 객석의 다른 학교 여학생들로부터 시작된, 우렁차고 뜨거워서 진심이 느껴지는 박수였다. 정원은 화답하듯 우아하게 손 인사를 했다. 정원은 미스 청수가 되었다. 바로 그때, 정원은 철웅에게 고백하기로 결심했다.

드랙 퀸으로 박수를 받는 건 오늘 하루뿐이겠지. 무대에서 내려가면 다시 방으로 들어가야 하겠지. 하지만 사랑은 가둘 수도 거둘 수도 없는 것.

객석 맨 앞자리에서 박수를 치고 있는 철웅을 보며 정

원은 다짐했다.

나는 사랑을 말할 것이다. 어떻게든 해내고 말겠어.

야, 저기 네 남친 간다.

내 친구들에게 정원의 별명은 '네 남친'이었다. 정원은 대나무마냥 허정허정 걷고 있었다.

어. 그러게.

친구들의 농담이 하루 이틀 일도 아니어서 대충 대답했다. 애들은 내 심드렁한 반응이 재미있다는 듯이 웃었다.

야! 정원!

내가 부르자 정원이 두리번거렸다. 우리 반 애들이 여기야, 여기, 손을 흔들었다. 그제야 정원이 나를 보고 웃었다.

쟤 너한테 뭐 잘못한 거 있어?

친구가 물었다.

왜?

내가 말했다.

웃는 게 어색하잖아. 무슨 깡통 로봇 같아.

안경을 고쳐 쓰고 보니 정원은 정말 그랬다. 입가와 눈가에서 끼릭끼릭 소리가 날 것처럼 얼굴이 경직되어 있었다. 긴장하셨구만. 자리에서 일어나 정원에게 갔다.

유리야. 나 너무 떨려.

정원이 말했다.

나도.

내가 말했다. 정원과 손을 맞잡고 두 번 흔들었다. 파이팅. 동시에 말했다. 등 뒤에서 친구들이 환호인지 야유인지 모를 소리를 질러댔다.

그날이 디데이가 된 이유는 단순했다. 철웅과 보라에게 스포트라이트가 가는 날이니까. 사랑하는 이가 최고로 멋진 날에 고백하고 싶은 마음. 정면 승부랄까. 명예로운 죽음이랄까.

어쨌든 우리는 성공적인 고백을 위한 물밑 작업을 착실히 진행했다. 첫 단계는 일명 '십보(十步) 작전'이었다. 양조위와 장만옥이 나오는 무협 영화에서 빌려온 아이디어였다. 『화양연화』가 좋아서 찾아본 영화였는데 그 영화는 기대한 내용은 아니었고 이연걸이 진나라 왕을 죽이기 위해 백보(百步) 금지령을 뚫어야 한다는 내용이었다. 우리가 보고자 했던 영화는 아니었지만 아름다웠고 정원은 조금 울었다. 우리는 전복적인 상상을 거쳐 작전을 완성했다.

각자의 사랑과 친해질 것. 그의 열 발짝 안에 머무르는 친구가 될 것.

왜 그래야 했는가 하면, 논개와 김시민에게 대를 물려 전해지던 의무이자 권리 때문이었다. 논개와 김시민은 축제날에 단체 미팅을 개최해야 했다. 십수 년 전의 논개와 김시민이 처음 기획한 일이라 했고 정작 자기들끼리 눈이 맞아 결혼까지 했다는 전설 같은 이야기가 있었다. 확인된 바 없는 소문이었으나 우리가 살던 도시의 열여덟 살들은 그 이야기를 좋아했다.

미팅에 참가하는 사람은 주최자를 제외하고 학교 당 열 명이었다. 참가자는 논개와 김시민이 정했다. 고백 작전을 위해 그 미팅에 꼭 참가해야 했던 우리는 보라와 철웅의 머릿속에 자주 떠오르고 돌아보면 보이는 사람이 되기로 했다. 어느 정도의 위험을 감수해야 하는 일이었다. 가까워지려고 무리하다가 엉뚱한 순간에 마음을 들키기라도 하면…… 큰일이자 재앙이었다. 그러므로 나와 정원은, 굳이 순서를 세어본다면 보라와 철웅의 여섯 번째 친한 친구 정도의 자리를 노렸다.

학급 임원이라는 공통분모가 있었던 나는 보라의 곁으로 다가갈 여지가 많았지만 정원의 경우는 난이도가 상당히 높았다. 철웅과 반도 달랐고 말을 섞기 시작한 것도 얼마 안 됐으니까. 하지만 정원은 최선을 다했다. 정원은 무려 보디빌딩 동아리에 가입했다. 근육을 단련하는 게 취미였던 철웅이 회장을 맡은 동아리였다. 회원이 4명밖에 되지 않아서 가입하는 것만으로도 철웅에게 중요한 인물이 될 가능성이 높았다. 그리하여 정원은 난생처음 역기와 아령을 들게 되었다. 고통스런 일이었지만 자세를 잡아주러 다가온 철웅과 가까이 있을 기회가 많이 생기는 수확이 있었다. 철웅이 쇄골까지 벌겋게 달아오른 몸으로 벤치프레스 80킬로그램을 들어 올리는 걸 구경하는 것은 톡톡한 덤이었고, 운동이 끝나면 부원들과 매점으로 가서 두유와 소시지를 사 먹었다. 찢어놓은 근육에 단백질을 메워 넣는 과정은 비릿했다. 아무리 먹어도 적응이 안 되는 조합의 간식을 견딘 보람은 있었다. 정원이 점심 배식 당번일 때 닭고기 두어 개를 더 놓아주면 철웅이 윙크로 화답할 정도로 둘은 가까워졌다.

그리고 정원의 가슴팍과 팔뚝은 꽤 두꺼워졌다.

사랑 좋네. 몸도 튼튼해지고.

정원의 말에 고개를 끄덕였다. 내 경우는 어땠는가 하면, 나는 작전을 위해 담배까지 피웠다. 함께 주번을 하던 애가 조퇴를 하는 바람에 야간 자습을 마치고 교실 문단속을 혼자 해야 했던 날이었다. 착한 실장인 보라는 혼자인 나를 위해 남아주었다. 잠깐 사이에 학교는 텅 비었다. 문단속을 마쳤을 때 복도는 컴컴했다. 조금 무서워진 우리는 잰걸음으로 걷다가 나중에는 거의 뛰었다. 2층 계단을 성큼성큼 내려와 출입구까지 갔을 때 뭔가 툭, 떨어지는 소리가 났다. 보라의 라이터였다. 잠시 어색한 침묵이 흘렀다. 비상구 불빛에 비친 보라의 얼굴에 당황한 기색이 비쳤다. 마음이 저릿했다.

고백할게.

내가 말했다. 보라와 눈이 마주쳤다. 곧바로 또 말했다.

나도 피워.

거짓말이 자연스럽게 나왔다. 나는 능청스레 검지와 중지를 입에 갖다 대며 담배 피우는 시늉까지 했다. 보라의 표정이 조금 환해진 것 같았다. 우리는 보라가 집에 들어가기 전에 담배를 피운다는 서울우유 대리점 옆 골목으로 갔다. 보라에게서 담배를 받아 입에 물고 라이터 불에 고개를 가까이 댔다. 보라와 얼굴이 그렇게 가까워진 건 처음이어서 숨을 흡, 들이마시게 되었고 담배에 불이 옮겨붙었다. 나는 최대한 자연스러운 척하며 담배를 피웠다. 니코틴과 타르가 몸에 퍼지는 느낌, 따위 알 길이 없었고 입안과 코안이 매캐했다. 눈물이 날 것 같았다. 갑자기 보라가 내 입에서 담배를 빼앗았다. 그리고는 바닥에 떨어뜨린 뒤 발바닥으로 비벼 껐다. 보라는 내가 담배를 처음 피운다는 걸 알고 있었다. 하지만 이렇게 말했다.

우리 그냥 끊자 이거.

그 뒤로 보라가 담배를 피우는 모습은 보지 못했다. 나는 입안에 남은 담배 맛을 지우느라 사흘 동안 하루에 다섯 번씩 양치를 했다.

십보 작전 다음은 '(혼이 담긴)구라 작전'이었다. 정원은 철웅에게 논개를 좋아한다 말하고, 나는 보라에게 김시민을 좋아한다고 말하는 것. 아주 오래 간직한 고민을 털어놓듯이, 간절한 부탁의 말인 양, 거짓말을 해야 했다. 야간 자습을 마치면 정원과 독서실 옥상에 올라갔다. 그리고 짤막한 거짓의 문장을 말하고 또 말했다.

우리의 거짓말은 가장행렬 사흘 전에 실행되었다. 보라는 입을 손으로 가리며 동그래진 눈으로 나를 봤다. 철웅은 정원의 어깨를 툭 치며 엄지를 세웠다. 두 사람은 우리의 거짓말을 한 치의 의심도 없이 믿었다. 이어진 몇 가지 질문들—어떻게 아는 사이냐, 언제부터 좋아했냐, 어디가 그렇게 좋으냐―에도 준비된 대답을 침착하게 했다. 연습한 대로 얼굴을 붉히면서. 우리의 착하고 맑고 사랑스러운 두 사람은 기꺼이 도와주겠다고 했다. 그 친구와 불꽃놀이를 볼 수 있게 해주겠다고. 반드시 그렇게 만들어주겠다고. 우리에게 굳게 약속해 주었다. 새끼손가락도 걸었고, 나와 정원의 심장은 안타깝고 슬프게 쿵쿵, 아니 쿡쿡, 뛰었다.

4

 불꽃놀이는 나와 정원에게 제법 큰 의미가 있었다. 왜냐하면.

 고백 작전으로부터 3년 전. 열다섯의 나는 10월 2일을 침울하게 보냈다. 순주 언니가 이사를 간 뒤 처음으로 맞은 10월 2일이기 때문이었다. 언니는 우리 집 바로 아래, 303호에 살았다. 언니를 처음 본 건 아홉 살 때였다. 아마도 내가 쿵쿵대며 거실을 걸어 다녔던 모양이다. 언니가 우리 집 초인종을 눌렀다. 문을 열자 언니가 말했다.

조금만 살살 걸어주겠니?

언니도 어머니의 심부름을 하러 온 열한 살이었지만 풍선껌을 크게 부는 모습은 마치 다 자란 여자처럼 보였다. 나는 아무 말도 못하고 언니의 얼굴만 봤다. 언니는 내게 생긋 웃어 보인 다음 돌아갔다. 잠시 붙박인 듯 제자리에 서 있었다. 언니는 가던 걸음을 돌려 내게 풍선껌 하나를 주었다. 잠들기 전까지 껌을 씹었다. 씹어도 씹어도 계속 단맛이 나는 것 같았다.

언니가 아니면 내게 불꽃놀이를 보러 가자고 할 사람이 없었다. 나는 내 몫의 슬픔에 짓눌려 침대에서 일어나지 못했다. 베개를 배 위에 올리고 그 위에 다시 두 손을 포갠 뒤 언니를 생각했다. 언니가 없는 계절이 자꾸 지나갔다. 그런 게 가능하다니. 세상이 미웠다. 올해 불꽃은 어디서 볼까? 언니 목소리는 여전히 생생했다. 지키지도 못할 약속이나 하고. 언니를 미워해 보고 싶었다. 그렇게 하면 슬픔을 떨칠 수 있을 것 같아서. 그러나 그건 내가 할 수 있는 일이 아니었다.

오빠의 방에서 가져온(실은 훔쳐온) 워크맨으로 솔리드의 「끝이 아니기를」을 반복해서 들었다. 침대 위에서 무릎을 안고 앉아 있다가 책상 서랍 맨 아래 칸을 열었다. 가장 깊숙한 곳에 넣어둔 편지를 꺼냈다. 떠나던 날 새벽에 언니가 우리 집 현관문에 끼워놓고 간 것이었다. 나는 행여 그 편지를 잃어버릴까 서랍 바닥에 단단히 붙여놓기까지 했다. 그 편지를 읽고 또 읽었다. 그러는 동안 사위가 어두워졌다. 스탠드를 켜고 침대에 누워서도 편지를 놓지 않았다. 불빛이 비치자 편지지에 뭔가 눌린 자국이 흐릿하게 보였다. 언니가 쓰다가 구겼을 다른 편지지의 글씨가 내게 준 편지에 흔적으로 남아 있었다. 눈을 크게도 뜨고 작게도 뜨고 편지지를 코 앞까지 가져왔다가 팔을 뻗어 멀어지게도 하면서 그 글자를, 자국을, 언니의 마음을 하나하나 읽어나갔다. 언니가 내게 하려다가 하지 않은 말. 그 말들이 나를 울렸다. 울면 안 되는데. 가족들이 듣기라도 하면 귀찮아 질 텐데. 하지만 변명하고 싶지도, 거짓을 말하고 싶지도 않았다.

편지를 접어 봉투에 넣고 음악 소리를 키웠다. 한 번만 더 너를 만나지기를, 제발 하늘이 나를 돕기를, 눈을 감고 노랫말을 따라 마음속으로 걸었다. 언니가 있는 곳을 찾아서 가고 싶었다. 방향을 자꾸 잃는 마음. 오빠가 방에 들어왔다. 오빠는 내 귀에 꽂힌 이어폰을 톡톡 두드렸다. 볼륨매직으로도 잡히지 않는 악성 반곱슬 머리가 눈에 들어왔다. 어느새 눈가와 목에 주름이 잡힌 아저씨. 나의 오빠. 내게 많은 것을 알려주고 비밀도 말해주었던, 오래된 내 친구.

이게 아직도 돌아가네.

워크맨을 손에 들고 신기해하는 오빠에게 나는 괜히 짜증을 냈다.

왜 말도 없이 들어와.

오빠는 워크맨에 시선을 둔 채 말했다.

말도 하고 노크도 하고 다 했는데.

…….

나와 봐. 정원이 왔어.

정원은 모자를 눌러쓰고 왔다. 긴 챙 아래의 얼굴에 울었던 흔적이 보였다.

야, 너…….

게다가 눈두덩에는 멍이 들어 있었다.

얼굴이 왜 이래?

내가 묻자 정원의 눈에 눈물이 고였다. 대답은 하지 않았다.

또 그 새끼들이야? 그래?

내가 재차 물었다. 정원은 고개를 푹 숙였다. 정원을 괴롭힌 새끼들은 사촌 형들이었다. 그들은 매번 정원의 말투와 행동을 놀렸고 정원이 조금이라도 기분 나쁜 기색을 보이면 우르르 달려들어 때렸다. 장난이라 했고 집안 어른들도 사내들은 그러고 크는 거라며 대수롭지 않게 넘어갔다. 그리고 그날은 예정에 없던, 적어도 정원은 알지 못했던 가족 모임이 있었고 방에서 새로 산 레이스 양말을 신어보고 있던 중에 사촌들이 들이닥쳤다. 고작 양말 한 켤레였는데, 사촌들은 정원이 그걸 신는 것을 가만두지 않았다. 너 뭐하는 새끼야. 정체를 말해. 낄낄거리며 정원을 밟았다.

나와 정원은 조용히 걸었다. 주머니에는 오빠가 준 삼만 원이 들어 있었다. 지폐를 만지작거리며 생각했다. 정원이 사촌들에게서 오랜 시간 들어왔다는 말에 대해.

호모새끼.

그건 단순히 듣는 걸로 끝나지 않는 말, 겪어야 하고 견뎌야 하는 사건이었다. 내가 그 말을 처음 알게 된 때를 떠올렸다. 그 말에 담긴 뜻을 알았을 때도 함께 기억났다. 그 말이 실어 나르는 모멸의 기운이 나의 중요한 부분을 가격한다는 것을 알았던 때가 있었다. 정원에게 묻고 싶은 게 생겼고 질문은 순식간에 가지를 치며 늘어났다. 하지만 나는 아무것도 묻지 않았다. 대신 내 이야기를 했다. 순주 언니와, 언니를 좋아하는 나의 마음에 대해서. 그 누구에게도 해본 적 없는 이야기를, 겁도 없이, 정원에게 다 털어놓았다.

 정원과 나는 아파트 뒷산의 공원에 갔다. 순주 언니와 자주 가던 곳이었다. 언니가 말하길, 아파트를 짓느라 산을 깎기 전까지는 동네 사람들이 아끼던 공간이었다고 했다. 하지만 이젠 아무도 찾지 않게 되었다고. 언니는 자기가 태어나기도 전의 일을 진심으로 아쉬워했다. 나는 그곳이 아지트 같아서 좋았다. 우리만 있을 수 있는 우리만의 안전한 장소. 그런 내게 언니는 이렇게 말했다.
 유리야. 그래도 우리 둘밖에 오지 않으면, 결국 우리만 아는 곳이 되면, 공원이 외로워하지 않을까?
 공원이 어떻게 외로움을 느껴? 그땐 그저 이상한 말이라고 넘겼지만 언니가 떠난 뒤에 그 말을 자주 생각했다. 이따금 혼자 공원을 찾아 벤치에 앉아 있다 오곤 했다. 공원은 정말로 외로워 보였다. 누가 좀 왔으면 싶다가도 절대 아무도 안 오길 바랐다. 나는 공원과 함께 오래도록 외로웠다. 공원도 나처럼 언니를 그리워하는 걸까. 그래서 나 말고는 누구도 들이지 않는 게 아닐까. 그런 생각을 하며 종종 울었다. 공원에서 살아 움직이는 건 나뿐이었다.

늘 앉던 벤치에 정원과 앉았다. 왠지 모를 온기를 느꼈다. 곧바로 불꽃놀이가 시작되었다. 퍼퍼펑! 작은 불꽃 수십 개가 터진 뒤 잠시 조용해졌다. 하얀 불빛 한 줄기가 고요한 밤하늘에 선을 그으며 높이 올라갔다. 나와 정원은 가만히 불꽃을 봤다. 숨소리와 목소리를 낮추고 예정된 황홀을 기다리는 한 순간.

애옹.

고양이 한 마리가 공원에 나타났다. 그리고 불꽃이 터졌다. 눈이 시릴 정도로 커다랗고 환한 불빛이 퍼졌고 각각의 빛줄기에서 새로운 불꽃이 다시 터졌다. 고양이는 어느덧 우리 발밑까지 와서 내 다리에 한 번, 정원의 다리에 한 번 몸을 비볐다. 문득 외롭지 않다는 생각이 들었다.

불꽃놀이는 금방 끝났다. 하지만 우리는 조금 더 머물렀다. 고양이에게 밥을 챙겨주자고 정원이 말했다. 나는 좋은 생각인 것 같다고 말했다. 공기가 제법 쌀쌀했고 나는 그 느낌이 좋았다. 내년에도 내후년에도, 그리고 언제까지라도, 이 불꽃을 같이 보자고, 정원에게 말했다. 정원이 고개를 끄덕이며 웃었다.

5

 보라는 누각의 지붕에서 와이어를 타고 내려왔다. 논개가 왜장을 끌어안고 바위에서 강물로 뛰어들었던 일의 재현이었다. 정말로 물에 빠뜨릴 수는 없으니 대충 높은 데서 내려오게 한 것 같았다. 솔직히 보라가 논개를 맡은 게 아니었다면 코웃음을 쳤을 것이다. 세금으로 뭐하는 짓이야? 하지만 그해의 논개는 보라였고, 하늘에서 내려오는 보라는, 사람 같지가 않았다. ……선녀? 나는 잠시 넋을 놓았다. 보라는 옷자락을 펄럭이며 꽃가마 위에 사뿐 올랐다. 가장행렬에 나선 학생들은 물론이고 구경을 나온 시민들도 우와아―, 감탄했다. 보라가 가마 가까이 내려왔을 때 철웅이 팔을 뻗어 보라를 잡았다. 스태프들이 얼른 붙어서 와이어를 해제했다. 철웅이 허리춤에서 칼을 뽑아 눈높이까지 들었다. 사극에서나 보던 갑옷에 투구까지 착용한 철웅의 모습도 제법 그럴싸했다. 정원의 눈에 커다란 하트가 떠 있었다.

정원은 가마꾼이었다. 철웅의 10인 안에 들어갔다는 뜻이었다. 말이 가마꾼이지 힘이 드는 역할도 아니었다. 가마 아래에 전동차가 붙어 있어서 가마꾼들은 시늉만 잘하면 됐다. 그래도 가마 손잡이를 쥐고 발을 맞추는 정도는 해야 했는데 정원은 자꾸 엇박자로 뚝딱거렸다. 철웅을 구경하느라 그랬다. 가마가 멈추는 지점이 되면 아예 대놓고 철웅만 봤다. 준비된 동작을 하며 위엄을 뽐내는 철웅. 그 모습에 넋을 잃은 정원. 마음이 졸아들었다. 저러다 셀프로 아웃팅이라도 하는 게 아닐까. 적당히 하라고 손도 흔들어보고 눈이 마주치면 입 모양으로 말도 해봤지만 정원은 신경 쓰지 않았다. 철웅을 보는 일을 멈추지 않았다.

나는 오늘을 즐길 거야. 오늘은 축제의 날이니까!

정원은 온몸으로 말하고 있었다.

반환점을 돈 다음부터는 논개가 퍼포먼스 담당이었다. 보라는 가마가 멈출 때마다 춤을 췄다. 언제 배웠는지 춤까지 살랑살랑 잘 추는 보라. 진짜 선녀가 된 걸까? 나는 철웅에게 넋을 빼앗겼던 정원의 마음을 십분 이해했다. 너도 별 수 없지? 정원이 반쯤 놀리듯이 나를 보았다. 그러게. 별 수가 없네. 누가 나를 어떻게 보든 보라의 춤을 놓치고 싶지 않았다. 경애와 감탄을 감추고 싶지 않았다.

그래, 오늘은 우리의 축제야!

그러다 나는 풉, 웃었다. 가장행렬이 끝날 때까지 계속 미소를 머금고 걸었다. 보라의 치맛자락 아래로 살짝 보인 신발 때문이었다.

보라의 치마저고리 아래의 신발은 나이키 에어포스원이었다. 정확히 말하면 연보라색으로 커스텀 된 리미티드 에디션이었다. 에어포스원의 하얀 바탕에 뒤축과 밑창, 그리고 로고가 연보라색이었다. 로고에는 고급스러운 그라데이션까지 들어가 있었다. 해외 직구 사이트에서 그 신발을 처음 본 순간 보라는 못 박힌 것처럼 30분 넘게 모니터만 들여다봤다. 이건 운명이야. 보라는 그 신발을 갖기 위해 갖은 노력을 다 했다. 주말마다 아버지 차를 닦고 매일 남동생 저녁을 챙기고 훌륭한 시험 점수를 받아서 용돈을 모았다. 혹시 신발이 다 팔리진 않을까 노심초사하며 매일 사이트를 확인했다. 그리하여 배송 기간까지 포함해서 두 달하고 보름만에 신발을 손에 넣었다.

그럼에도 보라는 신발을 신고 다니지 않았다. 신발이 도착한 날이 마지막으로 신은 날이었다. 그날 보라는 석식 시간에 외출증을 끊고 집에 다녀왔다. 가족들의 귀가가 늦는 날이어서 직접 받아놓아야 한다는 것이었다. 보라는 하루 종일 안절부절못했다. 그런 보라는 낯설고 귀여웠다.

보라는 내게 함께 외출을 해달라고 했다. 우리는 석식 시간이 되자마자 보라의 집으로 달려갔다. 보라는 택배를 맡아두었던 경비실에 박카스를 들고 갔다. 경비원 할아버지와 익숙하게 인사를 나눈 뒤 박카스를 건넸다. 나는 보라의 행동에 속으로 감탄했다. 내가 저 아이를 좋아하고 있다니. 나 자신이 자랑스러웠다.

바로 신어봐야지.

보라는 집으로 올라가자 했다. 어쩌면 당연한 일이었는데도 미처 예상을 못했던 일이라 뭐라 말도 못하고 집 앞까지 따라갔다. 집에 초대된 거야? 이렇게 갑자기?

뭐 해. 들어와.

현관문을 연 보라가 내 손을 가볍게 쥐고 당겼다.

아니, 아니야. 우리 시간 없어. 야자 시작 전에 들어가야지. 여기서 기다릴 테니까 신고 나와.

말들이 후다닥 나왔다. 아무도 없다는 보라의 집에, 혹은 보라의 방에 단둘이 있게 되는 게 무서웠다. 보라가 아니라 내가 무서웠다. 아직은 안 돼. 조심조심 다 잡고 있던 마음이, 어떤 바람이, 와르르 쏟아져 나올까 겁이 났다. 맘대로 되는 게 없는 짝사랑이지만 속도만큼은 내가 정하고 싶었다. 보라는 고개를 갸웃하더니 문을 열어놓고 현관에서 신발을 신었다. 다리를 쭉 뻗고 이리저리 발을 디뎌 보며 내게 물었다.

어때? 괜찮아?

신발은 보라에게 찰떡같이 어울렸다. 나는 고개를 크게 끄덕였다. 그 순간 보라가 나를 집안으로 끌어당기며 문을 닫았다. 헉, 하는 소리 밖에 낼 수 없었다. 그저 눈을 동그랗게 뜨고 코앞의 보라 얼굴을 볼 뿐이었다.

미안. 놀랐지?

나는 침만 꼴깍 삼켰다.

밖에 모기가 있어서.

보라가 한 발 물러서며 말했다.

아……

나도 한 발짝 물러났다. 그럼에도 현관이 좁아서 우리는 가까이, 그 어느 때보다 가까이 서 있었다.

예쁘다.

저절로 그런 말이 나왔다. 단지 신발에 대한 것만은 아닌 말. 얼굴이 붉어지려 했다.

그치?

보라는 나를 보지 않고 말했다. 다행이었다. 보라는 허리를 숙이고 신발을 벗은 뒤 신고 왔던 슬리퍼를 발에 꿰어 신었다.

어? 안 신고 가?

보라는 생긋 웃었다.

아껴 신어야지. 중요한 날에 신을 거야.

논개가 되는 게 너에게는 정말 중요한 일이었구나. 나는 보라가 논개일 수 있어서 정말 잘됐다고 생각했다. 보라의 신발이 보랏빛 구름처럼 보였다. 파란 하늘을 배경으로 춤을 추는 보라가 구름 위에 올라타 있는 것처럼 보였다. 숨 막히게 사랑스러웠다. 너무 행복해서 눈을 질끈 감았다가 떴다. 정원이 나를 보며 미소를 짓고 있었다.

그리고.

고백의 순간이 차곡차곡, 우리에게 다가오고 있었다. 실패를 위한 고백을, 어긋남으로써 빗나감으로써 이루어지는 고백의 시간을, 우리는 기다렸다.

가장행렬이 끝난 뒤에 두 학교 모두 현장에서 종례를

했다. 아이들이 우와아아, 소리를 지르며 여기저기로 흩어졌다. 그리고 보라의 곁에 미팅 참가자들이 모였다. 건너편 잔디에는 정원과 철웅과 또 다른 아이들이 모여 있었다. 철웅과 보라가 눈짓으로 신호를 주고받았다. 모두들 천천히, 선생님들의 눈을 조심하며 성을 빠져나갔다.

두 시. 스물두 명의 아이들이 피자헛 2층에 마주 앉았다. 테이블 네 개를 붙였고 그 바람에 손님이 우리뿐이어서 몹시 조용했다. 그럼에도 공기는 묘하게 달아올라 있었다. 피자 자르는 소리, 컵 안의 얼음 부딪히는 소리가 유난히 크게 들렸고 20분도 지나지 않아 음식이 동났다. 철웅이 품에서 뭔가를 주섬주섬 꺼냈다. 선대의 김시민으로부터 전해 내려오는 꾀주머니였다.

두 시 사십 분. 꾀주머니의 지침에 따라 우리는 노래방에 갔다. 분위기가 더 지독하게 어색해지지 않을까, 손쓸 도리 없이 가라앉아서 파장을 하게 되진 않을까, 그 바람에 나와 정원의 작전도 물거품이 되는 게 아닐까, 걱정이 되었다. 하지만 우리에겐 보라가 있었다. 보라가 노래를 부르자 한 명도 빠짐없이 일어서서 춤을 췄다. 다닥다닥 붙어 선 방 안에서 어떤 남자애가 니스핀을 돌았고 우리 학교

애가 답하듯이 바닐라 아이스를 선보였다. 그 분위기 그대로 시간이 쭉쭉 흘렀다.

네 시 십오 분. 쬐주머니는 우리를 대형서점과 미술학원이 있는 7층 건물의 옥상으로 데려갔다. 웬일인지 몰라도 옥상 문이 활짝 열려 있었다. 우리는 그곳에서 유치하고 단순한 커플 게임을 몇 개 했다. 모두가 크게 웃는 순간들이 있었다.

그리고 다섯 시.

옥상에서 내려왔을 때 나는 철웅의 옆에, 정원은 보라의 곁에 서 있었다.

우리는 불꽃놀이를 기다렸다. 고백은 첫 불꽃이 터지는 순간에 할 것이었다. 나와 철웅, 정원과 보라는 논개다리 위에 섰다. 강을 가로질러 시가지로 이어지는 오래된 다리에는 정식 명칭이 따로 있었지만 다들 논개다리라고 불렀다. 교각에 금가락지 모양의 대형 구조물이 붙어 있어서였다. 그날의 논개와 김시민에게 고백하기 좋은 장소였다. 나와 정원은 4차선 도로를 사이에 두고 맞바꿔 마주한 서로의 사랑 곁에 서서 떨리는 마음을 진정시키려 애썼다. 실패하여 완수되는 고백을 위해.

고백을 준비하며 우리가 마지막까지 공을 들인 건, 눈빛이었다.

고백의 순간, 보라와 철웅을 보는 정원과 나의 눈빛. 그 눈빛에 서로의 진심을 담기 위해 우리는 매일 밤 얼굴을 마주하고 서로의 눈을 봤다. 그 일은 뭐랄까. 서로의 마음을 꺼내서 서로의 마음에 끼우는 일이었다. 고백의 한마디를 할 때에 내가 정원이 되고, 정원이 내가 될 수 있다면. 거짓말의 시간에 딱 한 번 빛나는 진실의 순간을 만들 수 있다면. 실패의 순간에 튀어오를 성공의 찰나. 그것을 갖기 위해 우리는 수없이 연습을 했다. 그저 서로의 눈빛을 보며 고민하고 골몰할 뿐이었지만 우리는 최선을 다했다. 서로를 믿고, 네가 나의 사랑을 그 애에게 정확히 전해줄 거라 믿고.

어떤 날에는 마음이 붕 떴다. 어떤 날에는 목이 붓는 것 같았다. 어떤 날에는 정수리부터 눈썹까지 화끈거렸다. 급기야 일주일 전에는 부둥켜안고 울기까지 했다. 적응되지 않는 통증에 가까운 기분을, 우리는 견뎠다.

슈욱, 펑!

그해 첫 불꽃은 황금 빛깔이었다. 밤이 완전히 찾아오기 전이어서 하늘은 짙은 푸른색이었다. 그 위로 빛의 가지들이 사방으로 달려나갔다.

오, 시작한다!

철웅이 말했다.

있잖아.

내가 말했다.

응?

보라가 돌아보았다.

할 말이 있어.

정원이 말했다.

어떤……?

철웅이 물었다.

나 너를 좋아해.

정원이 말했다.

……그랬구나.

보라가 말했다.

응. 좋아해. 많이.

내가 말했다.

그런 다음 그 아이의 두 눈을 똑바로 봤다. 연습하고 연습했던 그 눈빛으로. 당황한 것 같기도 하고 곤란해하는 것 같기도 한. 그럼에도 잠시나마 환해지는 것도 같던 그 아이의 눈을 계속 보았다. 그리고 '너'의 자리에 들어갈 이름을 마음속으로 말했다.

6

고백을 마치고 정원과 만나기로 한 공원으로 갔다.

공원에는 내가 먼저 도착했다. 씻어서 가져온 그릇 두 개에 사료와 물을 채우고 벤치에 앉았다. 얼마 지나지 않아 찹찹찹, 하고 고양이가 밥 먹는 소리가 들렸다. 나는 고양이의 뒷모습을 바라봤다. 숨을 쉬느라 그런 건지 밥을 먹느라 그런 건지 몸이 얕게 부풀다 가라앉길 반복했다. 바람은 불지 않았는데 털이 가지런히 움직였다. 언제 보아도 완벽한 고양이의 자태를 보니 새삼 보라가 떠올랐다. 보고 싶네. 가슴이 또 콩닥거렸다. 시절이라고 하면 너무 거창하지만, 그 비슷한 걸 지났다고 생각했는데, 보라에 대한 마음의 모양이 조금은 바뀔 거라 생각했는데, 그렇지가 않았다. 아직은 현재진행형의 사랑. 기뻤고 슬펐다. 정원에게 전화를 걸었다.

왜 안 와?

가고 있어. 가는 중인데…… 아무튼 갈게.

오 분 뒤에 정원이 달려왔다. 가쁜 숨을 뱉으며 말했다.

심장이 계속 뛰잖아. 너무 뛰어 진짜. 그래서 운동장 좀 뛰고 왔어.

뭐가 그렇게 자꾸 뛰니?

사실 나도 그랬다. 내 심장과 정원의 심장이 함께 뛰는 소리가 들리는 것도 같았다. 정원이 벤치에 피자 박스를 놓았다.

콤비네이션이지?

내가 물었다.

콤비네이션이지.

정원이 말했다.

피자가 한 쪽으로 심하게 쏠려 있었다.

이거 들고 뛰었어?

조심한다고 했는데…….

나는 제일 엉망인 조각을 김밥처럼 말아서 먹었다.

뛰면 뛰는 거지. 조심해서 뛰는 게 되나.

내가 말했다. 피자는 구겨져도 피자여서 맛있었다. 그나마 멀쩡한 조각을 골라 정원에게 줬다. 정원은 피클을 집어서 내게 먹여줬다. 그리고 이런 말을 했다.

아까 보라랑 있을 때, 네가 되게 부러웠어.

무슨 소리야?

보라가 네 생각 많이 하더라고.

보라의 신발에 관한 이야기였다. 불꽃을 기다리며 이런저런 이야기를 하다가 정원이 보라에게 신발 칭찬을 했다는 것이다. 보라가 신발을 자랑했고 그걸 신은 이유를 말했다.

제일 좋아하는 친구한테 엄청 중요한 날이라서 신었다는 거야. 그 애가 사랑을 꼭 이루길 바란다고.

그래서 신었다고?

응.

논개가 되어서가 아니라?

응.

더 이상 할 말을 찾을 수 없었다. 피자를 크게 물었다. 보라가 내 사랑을, 거짓으로 말한 마음을 응원하고 있다니. 입 속의 피자를 씹지 않고 물고만 있었다. 부러워할 일은 아닌가? 정원이 혼잣말을 했다.

전화가 울렸다. 발신자는 보라였다. 멍하니 액정만 보고 있는 내게 정원이 말했다.

뭐 해. 빨리 받아!

뭔가를 예감한 목소리였다. 사실 나도 그랬다. 조심스레 통화 버튼을 눌렀다. 심장이 손가락 끝으로 이동한 것처럼 손끝이 떨렸다.

……여보세요?

고양이가 사료를 먹고 떠난 자리에서 통화를 했다. 길지도 짧지도 않은 시간이 깜빡깜빡 흘렀다. 전화를 끊고 정원에게 돌아가는 몇 걸음 동안 생각했다.

피자는 죽을 때까지 콤비네이션만 먹을 거야.

정원에게 해야 할 말이 한 다발이었다. 그러나 나는 정원 곁으로 가던 걸음을 멈추었다. 정원도 휴대전화를 보고 있었다. 그리고 벌떡 일어나 누군가에게 전화를 걸었다. 나는 정원이 비운 자리에 가서 앉았다. 숨을 크게 들이마시고 하늘을 봤다. 불꽃이 지나간 하늘이 유난히 텅 비어 보였다. 정원이 두런두런 통화하는 소리가 배경음악처럼 들렸다. 간직해도 괜찮은 눈빛과 마음에 대해 생각하는 밤이었다.

작가의 말

《내 마음 들키지 않게》에 담은 소설들을 쓰는 동안 4년이 흘렀습니다. 2020년에 「올드 스쿨 러브」를, 2021년에 「도로시는 말할 수 있는가?」를, 2022년에 「꽃과 비닐」을, 2023년에 「콤비네이션」을 썼지요. 창밖의 시간은 공교롭게도 모두 겨울에서 봄으로 넘어가는 즈음이었습니다.

그사이 저는 착실히 나이를 먹고, 이 소설들의 배경이 되는 저의 고향에서 조금 더 멀리 떨어진 곳으로 거처를 옮겼습니다. 말하자면 소설 속에 흩뿌려 놓은 많은 순간과 장소들로부터 착실히 멀어진 셈인데요. 그리하여 제가 이 소설들을 경유하고 통과한 4년 동안 한뼘이나마 자랐느냐면, 당연히 그렇지 않습니다. 다만, 이리저리 비추다 보면

뜻밖의 빛으로 반짝이는 조약돌 네 개를 발견하게 되었다는 건 수확일 수 있겠습니다.

그러므로 지금까지 읽으신 이 책 속의 소설들에는 그 어떤 때보다도 제가 많이 녹아 있습니다. 소설적 상상이 기억의 변용에 빚을 진다는 것이 일견 사실이라면, 이 책은 제가 겪고 한참을 소화해야 했던 시간들의 모음입니다. 그리고 그 시간들은 오래된 성(城)과 그것을 품에 안고 흐르는 긴 강이 있는 서부 경남의 작은 도시 위에 머물고, 지금도 그러할 것입니다. 저에게 그 시간과 공간은 오랜 시간 낡고 무거운 짐이었습니다. 그때의 그곳에서 저를 알았던 많은 이들에게는 미안한 말이지만 어쩔 수 없습니다. 사실이니까요. 지금도 여전히 싫은 것들은 싫은 채로 남아 있지만, 왜일까요. 이제는 이름이 예쁜 그 도시의 이름을 말해보면 강변에 서서 강마른 겨울바람을 맞던 어떤 날이 가장 먼저 떠오릅니다. 눈이 시려서 눈물이 조금 맺혔었고 얼어붙는 법 한 번 없이 흐르던 강물의 윤슬은 야속하리만치 아름다웠다는 기억. 그때 곁에 있었던 누군가는 하나같이 소중한 사람들이고, 소설 속에서 인물로 되살아난 이들입니다.

이 책의 소설들은 음악에도 많은 빚을 지고 있습니다. 돌이켜보면 소설을 쓰기 전에 플레이리스트를 만드는 습관은 이 소설들을 작업하는 동안 만들어진 것이었습니다. 중학생 때는 소니 워크맨을, 고등학생 때는 파나소닉 시디플레이어를 망가지기 직전까지 혹사시키며 힙합 음악을 듣고 랩 가사를 적으며 허우적허우적 몸을 흔들던 제가 그 시절의 좋은 마음, 아픈 마음, 아는 마음, 몰랐던 마음 등등을 길어올리며 썼으니 당연한 일이겠지요. 그래서 네 편의 소설들의 주제곡을 살짝 귀띔해 드리니 한 번쯤 찾아 들어주시면 기쁘겠습니다.

「올드 스쿨 러브」의 주제곡은 서태지와 아이들의 '마지막 축제'입니다. 한창 러닝으로 운동량을 채우던 시기에 매일 듣던 노래인데요. '나'와 경이에게 눈오는 풍경 속을 달리는 기분을 선물해 주고 싶어서 소설을 쓸 때에도 자주 들었습니다.

「꽃과 비닐」의 주제곡은 Toploader의 'Dancing in the moonlight'입니다. 지현이 '읍면 지역에 사는 여성 청소년'이라는 이름의 중력에 주저 앉지 않길 바랐고, 그러다 보니 토마스와 윈드밀을 도는 장면까지 도달하게 되었는데요. 지현이 언제나 산뜻하게 삶의 표면을 뛰어다니는 이미지에 이 노래가 잘 어울리는 것 같습니다.

「도로시는 말할 수 있는가?」의 주제곡은 자우림의 '우리들의 실패'입니다. 이 소설은 호수에서 개나리공원(배경이 되는 도시에는 없는 지명입니다. 지금 사는 동네 공원의 이름을 빌려 왔습니다)까지 도착하는 여정을 담는 것을 목표로 쓰기 시작했는데, 공원의 이름이 주는 색감이 자우림의 이 노래와 잘 어울려서 소설을 쓰다가 조금이라도 막히면 계속 들었습니다. 덕분에 나와 도로시의 실패가 조금은 아름다움을 향할 수 있었던 것 같고요.

「콤비네이션」의 주제곡은 The Turtles의 'Happy Together'입니다. 소설 속 인물들의 사랑도 그렇고, 콤비라는 단어와의 조응도 그렇고, 가장 직관적으로 떠오른 노래였습니다. 이 노래가 OST로 쓰인 왕가위의 영화 『해피 투게더』의 다른 제목이 '춘광사설(春光乍洩)'이라는 점도 마음에 들었습니다. 소설의 배경은 가을날이지만, 인생의 봄볕은 계절을 타지 않으니까요.

끝으로 이 소설들이 책으로 나오기까지 다정하게 응원해 주셨던 분들께 감사의 인사를 전합니다. '혹시 나한테 고맙다는 건가?'라고 생각하시는 분이 있다면, 맞습니다. 정말 감사합니다.

저만큼의 큰 애정으로 소설들을 매만지며 동행해 주신 김가원 편집자님, 이 소설의 초기의 초기 단계부터 관심을 가져주시고 추천의 말씀도 보태주신 김현 작가님과 은모든 작가님, 아름다운 표지를 그려주신 원원원 작가님, 그리고 책이 만들어지는 모든 순간에 힘을 보태주신 많은 분들께 무한의 감사를 드립니다.

강석희

수록 작품 발표 지면

올드 스쿨 러브 • 문학플랫폼 <던전> 연재 2020년

꽃과 비닐 • <문장웹진> 발표 2023년 3월호

도로시는 말할 수 있는가? • 문학플랫폼 <던전> 연재 2021년

콤비네이션 • 미발표작

내 마음 들키지 않게

초판인쇄 2025년 8월 1일
초판발행 2025년 8월 1일

지은이
강서희

편집
김가원, 최미진

디자인
김지연

표지그림
원원원(작은 역동성)ⓘwon_won_o

마케팅
조성근, 주상미

온라인 마케팅
권진희, 주상미

영업
이승욱, 노원준, 김동우
조성민, 이선민

펴낸이
엄태상

펴낸곳
(주)시사북스

등록번호
제2022-000159호

등록일자
2022년 11월 30일

주소
서울시 종로구 자하문로 300
시사빌딩

전화
1588-1582

이메일
emptypage01@sisadream.com

ISBN
979-11-93873-16-8 03810

- 빈페이지는 (주)시사북스의 단행본 브랜드입니다.
- 이 책은 ㈜시사북스와 저작권자의 계약에 의해 출판된 것이므로 무단 전재 및 유포, 공유, 복제를 금합니다.
- 이 책 내용의 전부 또는 일부를 이용하려면 반드시 저작권자와 ㈜시사북스의 서면동의를 받아야 합니다.
- 잘못 만들어진 책은 판매처에서 교환해 드립니다.
- 빈페이지는 소중한 원고를 기다립니다.